O MISTÉRIO DO
Leão Rampante

O MISTÉRIO DO
Leão Rampante
&
Confissões de Fabrius Moore
por
RODRIGO LACERDA

Textos
JOÃO UBALDO RIBEIRO
JOÃO ANTÔNIO

Ilustrações
NEGREIROS

Ateliê Editorial

Sumário

Apresentação, 9
João Ubaldo Ribeiro

Um Sedutor na Arte de Narrar, 11
João Antônio

O Mistério do Leão Rampante, 15

Confissões de Fabrius Moore, 109

Apresentação

JOÃO UBALDO RIBEIRO

AO CONTRÁRIO do que talvez se pense, uma das maiores alegrias que um escritor pode ter é encontrar um talento jovem. Não há inveja, há orgulho genuíno e felicidade em se poder ser sinceramente entusiasta. Como tantas outras palavras, "talento" tem sido tão abusada e distribuída tão irresponsavelmente que corre o risco de perder o poder. Mas, como a emprego com parcimônia, posso de boca cheia dizer que Rodrigo Lacerda é um grande talento. *O Mistério do Leão Rampante* é um extraordinário exercício de sensibilidade literária e domínio da prosa como raramente se vê. Temos sido acostumados, ai de nós, a ver a literatura como uma espécie de alpinismo intelectual, um sofrimento a ser enfrentado em nome de um pretenso acréscimo cultural. Mas este jovem – um menino, quase dizia eu – conhece por instinto o terreno em que está pisando e é alma gêmea nata dos que fazem e fizeram a boa prosa, é parte de uma linhagem que só não

expandirá se não quiser. Isto não se aprende na escola, isto vem de um misterioso parentesco com os grandes prosadores, sai de alguma coisa que não pode rigorosamente ser descrita. Não quero exagerar, embora tenha vontade, mas estou seguro de que Rodrigo Lacerda será nas letras o que desejar, porque seu amor pelas palavras, seu senso de ação, seu deleite em descrever e caracterizar, sua intimidade com o material que escolheu, seu, digamos assim, profissionalismo precoce o levarão aonde pretenda. Esta história elizabetana, esta brincadeira literária de alto nível, merece muita atenção. E não precisa de minha recomendação, que ele não pediu, mas que alguém achou necessária, por se tratar de uma estréia. Vá lá, eis a recomendação. Mas, repito, não estou acrescentando nada a um talento pronto, feito, acabado e burilado na comovente erudição de quem, para mim mal saído dos cueiros, é um escritor de verdade.
Deus o abençoe.

19.02.1995

Um Sedutor na Arte de Narrar

JOÃO ANTÔNIO

HÁ LIVROS que não enganam. Nem sobre si mesmos, nem sobre o autor. Francos, não ameaçam ser ou estar; são e estão. Livro e autor, pela força da marca dessa autenticidade, perfazem uma só personalidade. Além de seus ares, logo no início, de obra acabada. *O Mistério do Leão Rampante*, de Rodrigo Lacerda, carrega dentro de si um escritor de um frescor jovem e de "irremediável" vocação. Rodrigo Lacerda, estreante, não estreante, tanto faz. E sua idade não interessa. Ele chega marcado, já escritor adonado de seu instrumento.

O artista pouca importância tem; importância e significado tem o que ele cria, "... já que não existe nada de novo para ser dito. Shakespeare, Homero, Balzac, todos escreveram acerca das mesmas coisas e, se eles tivessem vivido mil ou dois mil anos, os editores não teriam, desde então, necessidade de ninguém mais" – disparou, rente, William Faulkner.

Claramente o autor é conhecedor, admirador deste santo padroeiro universal de muita gente há quinhentos anos, Shakespeare. Mas a sua arte, original, criou dentro do aparente limite de uma anedota da Inglaterra do século XVII, no final do reinado de Elisabete I, uma senhora novela. No bojo dessa anedota "desimportante", a única em que Shakespeare é citado nominalmente, Rodrigo Lacerda opera e acaba realizando um texto pessoal e saboroso, desenvolvido com um talento de quem é "inarredável" escritor, narrador nato, dono de um bom humor permanente e de um traço de picardia, somado a um gosto aceso, lúdico pelo ato de escrever.

Mas um talento ajuizado, também. Entre outras coisas, um amor, um respeito pela linguagem levada pelo Alfredo Margarelon, narrador imaginário desta novela que é uma "declaração de 8 de novembro de 1602, na qual o filho adotivo do Conde de Shropshire, em nome de seu pai adotivo, de sua família e de todos os homens de bem, declara sua prima, Maria Margarelon, injustamente caluniada por três elementos nocivos à ordem e aos bons costumes do reino inglês".

Partindo do absoluto particular ou do aparentemente sem grandeza, *O Mistério do Leão Rampante* nos enreda num mundo fascinante e de dilemas extremos que foi o Renascimento inglês e que marca o papel-limite, difícil e transformador de Shakespeare, consagrado como maior figura literária da língua inglesa.

O Mistério do Leão Rampante não fica, no entanto, numa "homenagem" de um jovem e caloroso admirador shakespeariano, nascido no Brasil, quinhentos anos depois... É uma peça autônoma, saborosa, guiada por um senso estético próprio, uma familiaridade espontânea (e trabalhada) com uma prosa de arte, um gosto apurado, lúdico mesmo, em que palavra, tema, personagens se movem harmoniosamente.

Não interessa a idade, repito, de Rodrigo Lacerda. A atmosfera geral do livro, sim. Tem frescor, uma juventude porejante, um encantamento pela vida e, em principal, um "humanismo" pelos personagens, sejam damas autoritárias, feiticeiros falsos, pilantras, mandriões.

Rampante, em heráldica, é o quadrúpede representado na figura que se levanta sobre as patas traseiras, com a cabeça voltada para o lado direito do escudo. Já *O Mistério do Leão Rampante* é – também – um apólogo sobre a liberdade de amar e sobre a fidelidade a esse ato de compromisso com a felicidade. Como na longa fala do personagem "iniciador" para a ex-menina, agora repentina, verticalmente sensual mulher, Maria, trazendo uma nova ordem – libertária – um preceito novo de cavalheirismo:

"Seja lá o que te impediu de amar, acabou, e acabou não graças a Burbage ou a mim, ou mesmo graças ao brasão e ao Rei. Acabou porque tu quiseste que acabasse, porque lutaste para reconquistar a tua felicidade. A vida é um palco, minha cara, e não adianta o Autor Supremo determinar as falas, se os atores não subirem nele e as pronunciarem em alto e bom som, com convicção e verossimilhança. Cristaliza teus objetivos em tua mente e luta por eles. Aproveita as oportunidades. Vive e sê feliz! Adeus!"

Clara é a mensagem. A juventude tem o direito e mesmo a obrigação de ser feliz. Isto não é nenhuma pérola do pensamento e fica acima das ideologias correntes hoje, na Antigüidade ou em qualquer tempo. É a lei da vida. De assim, mais do que um escritor legítimo, Rodrigo Lacerda se revela um sedutor na arte de narrar. E, dentro do clima e do universo de seu livro, Deus, o Demônio e as forças auxiliares o protejam. Porque é bem chegado.

Jornal da Tarde, Variedades, 24.06.1995

O MISTÉRIO DO
Leão Rampante

I know that history at all time draws
The strangest consequence from remotest cause.

— T. S. ELIOT —

Ofício no qual o filho adotivo do Conde de Shropshire, em nome de seu pai adotivo, de sua família e de todos os homens de bem, declara sua prima, Maria Margarelon, injustamente caluniada por três elementos nocivos à ordem e aos bons costumes do reino inglês. Escrita no ano do Senhor de 1602.

*Manuscrito encontrado nos arquivos municipais
da cidade de Shrewsbury, antiga capital do
condado de Shropshire, Inglaterra.*

"Desabituado à lida com as palavras, vem a público para desmentir as ignominiosas calúnias feitas contra minha prima, Maria Margarelon…"

Eu, Valfredo Margarelon, subscrevo esta declaração no intuito de recolocar a justiça acima dos boatos e restaurar a fachada honrosa do brasão de minha família, sordidamente maculada por três elementos nocivos à ordem e aos bons costumes do reino inglês. Meu espírito simples, desabituado à lida com as palavras, vem a público para desmentir as ignominiosas calúnias feitas contra minha prima, Maria Margarelon, por um desclassificado de nome João Manningham, em conluio com o autor teatral Guilherme Shakespeare, integrante da companhia Homens do Lorde Camarista, e outro chamado Ricardo Burbage, ator na mesma companhia. Juntos, os três espalharam boatos deturpados e desonrosos, que alteram o curso da verdade e mancham a honra de minha prima e irmã de criação. Eu afirmo, perante Deus e a justiça real, que tais aleivosias nasceram de suas mentes imundas e tiveram divulgação a partir de tavernas e bordéis, sítios tão infectos quanto indecorosos. Provarei aqui como sua versão dos fatos é caluniosa, além de muito deturpada pela arrogância que caracteriza o círculo teatral e os que nele perambulam.

Porém, antes de começar, permitam-me uma breve recapitulação do passado desses homens, para que suas próprias ações anteriores ratifiquem meu veredicto. Manningham era um advogado medíocre — um roedor de tribunais, como são chamados os de igual valia no meu condado de origem, o honroso Worcestershire — que rapidamente constatou pouco talento para a jurisprudência e passou a granjear sustento como biógrafo, cronista, ou então, para maior horror e vergonha de nosso reino, exercendo uns insignificantes cargos públicos, que, apesar de insignificantes, eram por demais enobrecedores para criatura de predicados tão funestos. Lamentavelmente, assim como Deus arrebanha seus fiéis, o Demônio também reúne seus sequazes, e foi seguindo essa lei inexorável que João Manningham travou contato com o mencionado Shakespeare. Quem os apresentou foi outro Guilherme, este Combe de sobrenome, um importante usurário na região banhada pelo rio Avon.

Eu já falei de Manningham, já disse o quanto vale. Shakespeare, por sua vez, não é de melhor cepa. Filho de um burguês, dono de uma fábrica de luvas na remotíssima cidade de Stratford, desde cedo o jovem Guilherme mostrou-se inclinado ao caminho do vício. Para começar sua trajetória malsã, engravidou a filha de um fazendeiro da região, uma tal de Ana Hathaway. O casamento apressado contornou o mal-estar na pacata cidade e, reproduzindo-se como coelhos na primavera, os dois tiveram em poucos anos três filhas mulheres, sem pensar em como sustentá-las e sem que o jovem delinqüente tivesse ao menos uma renda estável. Segundo as informações obtidas, ele errava daqui para ali, servindo como professor assistente na escola municipal, ou como advogado (Ah, Senhor! Olhai pela advocacia inglesa!), ou assistente de seu pai (a mais provável das hipóteses, tendo em vista sua incompetência generalizada para tudo o mais), ou até mesmo jardineiro. De qualquer modo, seu espírito indomável e insensível às responsabilidades do matrimônio fazia-o queixar-se de ainda tão jovem estar amarrado a quatro mulheres, suas três filhas e a esposa, esta oito anos mais velha e já beirando os trinta. Alguns entendem que o rebelde mancebo abandonou sua cidadezinha fugindo de acusações que o apontavam como ladrão de cavalos, outros creditam seu gesto imponderado ao fato de ter sido pego caçando nas terras reservadas de um nobre. Apesar de ambas as hipóteses se encaixarem perfeitamente na sua natureza corrompida, eu tenho para mim que a razão não foi outra senão o desejo de ver-se livre da mulher e das obrigações paternas, além da ânsia visceral que as diversões libidinosas dos palcos e das tavernas já despertavam em sua alma.

Sua vida na capital não foi, nem de longe, ocupada em mais nobres afazeres. Depois de ser açougueiro, soldado e de trabalhar numa gráfica, tornou-se, para desgraça eterna de nossa cultura, autor teatral. Esta profissão, como todos sabem, é altamente imprópria a qualquer homem de bem. Reputo, aliás, como grande erro de alguns membros de nossa nobreza o fato de servirem como patrocinadores e responsáveis legais para essa alcatéia de saltimbancos engrandecidos pela vaidade. Os teatros em si já constituem forte ameaça aos bons costumes, à honra feminina, à higiene municipal necessária nestes anos de peste recorrente e mesmo à ordem política do reino, volta e meia achincalhada pelos enredos neles encenados. Mas o dito Shakespeare é insuperável na baixeza escatológica que empresta a seus personagens e na irreverência leviana de suas reflexões sobre Deus, a natureza, o homem, o destino, o reino, o amor. Todos estes temas elevados vêem-se emporcalhados por seu talento pervertido a cada apresentação de uma de suas peças. Para terminar este breve resumo de sua vida pregressa, julgo significativo o fato de mesmo a classe teatral, responsável pelas mazelas sociais já mencionadas, mesmo ela, tê-lo recusado a princípio, e o considerado indigno de integrar seu grupo "selecionado" (as aspas são minhas, como se vê), devido a sua ignorância abissal. Vejam só o que se pensava dele há alguns anos, quando ainda começava sua infeliz trajetória, nas palavras de um Roberto Greene, que o chamou de "corvo proeminente... que, com seu coração de tigre envolto num disfarce de ator, supõe ser tão capaz de versejar quanto os melhores dentre nós..."

Por fim, chego ao último dos criminosos, o tal Ricardo Burbage. Sobre ele, basta dizer que teve o descaramento de autoproclamar-se herdeiro de uma linhagem de atores, referindo-se ao pai e ao irmão. Ora, somente a imaginação bizarra de um ator poderia aviltar a idéia sagrada da consangüinidade, deturpando o conceito da primogenitura, ao mesclá-lo com heranças tão impróprias como sua profissão ignóbil. Se algum legado positivo lhe deixou seu pai, o que duvido, é de esperar que não tenha sido o amor pela dramaturgia barata ou o gosto pelas amizades ruidosas das tavernas.

Juntos, Burbage e Shakespeare acreditaram desonrar minha prima e, com o auxílio do cronista Manningham, espalharam para toda Londres sua versão distorcida dos fatos. Conforme as atoardas que disseminaram, movida por uma leviandade que não lhe é absolutamente característica, minha prima teria ido sozinha ao teatro – o que não é correto, pois teve a companhia de toda a família – para assistir à peça *Henrique v*, de autoria do devasso de Stratford e na qual o papel-título era representado pelo

"E desta forma usufruiu da privacidade da pobre Maria, levada àquela situação terrível pelo desespero que a afligia…"

prevaricador por herança consangüínea. Ao final do espetáculo, ainda segundo os pilantras, minha imaculada prima teria visitado os bastidores no intuito de fazer um convite pecaminoso ao ator. Como a vaidade dessa chusma teatrista é colossal! O infeliz julgou que a pobre Maria estivesse tomada por arroubos de admiração a seu talento interpretativo!?! O absurdo fala por si mesmo. Tomando minha prima por uma meretriz leviana que o convidava para um encontro amoroso igualmente leviano, Burbage concordou em obedecer a sua primeira exigência, isto é, comparecer ao encontro vestido nos trajes de seu personagem, o inesquecível e glorioso Henrique. Mal sabia ela que apenas uma de suas exigências seria lembrada, tendo sido a outra, que previa um segredo absoluto sobre todo o episódio, sumariamente descartada.

Continuando a sua crônica vil, Manningham diz que o nefasto dramaturgo teria ouvido a conversa do ator principal de sua companhia com aquela "generosa admiradora", e decidido apresentar-se sob o disfarce exigido no encontro, antecipando-se ao próprio Burbage. Assim o fez, efetivamente, e desta forma usufruiu da privacidade da pobre Maria, levada àquela situação terrível pelo desespero que a afligia. Chegando finalmente ao lugar marcado, Burbage bateu na porta e, ao ser atendido pela empregada, pediu-lhe que anunciasse a chegada de Henrique v. Instantes depois, compartilhando o espanto de sua patroa e de todos nós da família, a serviçal deu ao Rei que esperava na porta a resposta que o Rei em mangas de camisa lá dentro ordenara: "Diga a ele que Guilherme, o Conquistador, chegou antes!"

Não é tolerável o desrespeito a dois dos mais gloriosos monarcas deste reino em todos os tempos, o normando Guilherme, o Conquistador, assim chamado por ter invadido a Inglaterra há seiscentos anos, aproximadamente, desembarcando novo fôlego civilizatório nas Ilhas, e o maravilhoso Henrique Plantageneta, que trezentos anos depois de Guilherme se tornou um espelho para o melhor dos reis, um soberano ideal, em paz com sua Igreja, corajoso, disposto a lutar e capaz de vencer pelos interesses de seu povo, conquistando inclusive nosso ancestral inimigo, a França, para prosperidade e euforia gerais.

Mas, além desse desrespeito ultrajante a qualquer bom cidadão e súdito fiel, desta piada de calão plebeu, que revela, sem dúvida, a origem miserável desses homens, muito do que eles dizem consiste numa lamacenta adulteração do que é vero. Aliás, isto pode-se bem concluir, tendo em vista a origem nobre de minha prima e de nossa família. Não que minha prima não tenha feito semelhante convite, ou cedido seus favores a quem ela imaginava ser o ator da peça. Tudo isto é, lamentavelmente, verdade. Porém, não o fez por leviandade e luxúria, mas por precisão. Tudo o que fez teve o consentimento de sua família, de seu conselheiro e até mesmo de seu marido. O que a levou a tais procedimentos não foi uma condenável admiração pela arte dramática ou pelos bigodes felpudos do senhor Burbage, mas a aflição que amargava, única explicação plausível para uma obra tão desesperada. Além do mais, o que vitimou minha prima não foi somente uma brincadeira entre os dois amigos, que já quase bastou para transformar aquele num sacrifício inútil, mas um conluio malicioso dos mesmos, que, não contentes em jogar com as expectativas da pobre moça, espalharam cruel e deliberadamente o episódio através da pena de aluguel de Manningham. O sacrifício, o desespero, a aflição e o consentimento familiar acabaram excluídos da versão mentirosa que os três crápulas difundiram. A explicação que resgata a honra de minha prima, que redime seu caráter mesmo diante desse gesto aparentemente pecaminoso, a desculpa abençoada que justifica a conjunção carnal com aquele homem até então desconhecido e depois de conhecido ainda mais desprezado, tudo isso eu explicarei adiante, colocando de uma vez por todas a verdade em seu devido lugar e condenando ao ostracismo a versão mentirosa desses três irresponsáveis que se dizem artistas, desses três facínoras que se julgam espirituosos.

"*Tal circunstância fez com que a popularidade de Francisco em sua nova família caísse a patamares deploráveis...*"

Ao final do ano passado, celebrou-se o casamento de minha prima Maria Margarelon com um nobre do Continente, Francisco du Barry. Sua família era riquíssima, com terras que se espalhavam pelo sul da França, atravessavam os Pireneus e alcançavam parte do território espanhol. Vindo de uma estirpe tradicional, os du Barry, é claro, não trabalhavam, não tinham qualquer profissão, vivendo apenas do arrendamento de suas terras a plantadores, do confisco automático da produção ao final da colheita e de sua revenda aos plantadores terminado o confisco. Gente muito boa, honesta e de educação requintada. A única atividade regular do valoroso clã du Barry era a produção de um vinho excepcional, batizado com o nome originalíssimo de *Château du Barry*, branco e tinto, seco e suave, todos de igual excelência. Certamente que bebê-los era também uma atividade regular do clã du Barry, mas ainda é cedo para que eu entre neste assunto.

— 31 —

Quando Maria e Francisco se casaram, a mãe da noiva, minha tia Harriet Margarelon, e o pai, Frederico Quince, Margarelon de casamento e tio Fred na intimidade, ainda moravam juntos no castelo de Shropshire, vivendo regiamente às custas de uma dívida de gratidão da dinastia Tudor para com nossa família. Como é sabido, o velho Henrique VIII era um homem de rara virilidade, a quem uma única esposa era incapaz de dar o equilíbrio mental necessário para que um homem possa ocupar-se dos assuntos de Estado. Meu avô, *Sir* Ricardo Margarelon, um aliado de primeira hora dos Tudor, apreensivo com o desempenho do Rei (nos assuntos políticos, bem entendido, posto que nos demais campos de sua atividade não havia motivo para tal inquietação), percebeu a dificuldade que tinha o valoroso Henrique em se concentrar durante as longuíssimas reuniões que seu Conselho de Estado lhe impingia. A política internacional, as alianças, as diabruras dos reis de Espanha, a economia, o comércio ultramarino, entre outras coisas, absorviam o impetuoso Monarca ao extremo de sua paciência. Foi aí que, num gesto de amizade pessoal e ao mesmo tempo da mais profunda lealdade política, meu avô estabeleceu um contato direto entre o castelo real e uma senhora chamada Rore Harlot, habitante dos subúrbios de Londres e tia das mais adoráveis sobrinhas de que já se teve notícia aqui nas Ilhas. Desde então, a dinastia Tudor tem uma dívida eterna de gratidão para com minha família, bem como a marinha inglesa. Isto porque, reza a lenda, foi apenas com a tranqüilidade decorrente dessa amizade fraterna entre o Rei e as sobrinhas da senhora Harlot que o velho Henrique deu ouvido a seus almirantes e resolveu incrementar a produção naval, que até hoje é a base de nossa economia.

Prosseguindo: então, à época do casamento de Maria com Francisco du Barry, já vivíamos em meio à sobejidão de confortos que nos permitiam os rendimentos ofertados por nossa Rainha, Elisabete I. Os primeiros meses de casamento foram pacíficos, transcorrendo sem sobressaltos aparentes, e já a família aguardava os arautos da maternidade, que anunciariam a quadragésima sétima geração dos Margarelon. Contudo, este herdeiro tão esperado não vinha. Tal circunstância fez com que a popularidade de Francisco em sua nova família caísse a patamares deploráveis, além de a maior convivência nos ter feito perceber outros sinais de fraqueza em sua personalidade, entre eles um desinteresse e uma inabilidade prejudiciais na administração dos bens familiares e certo gosto exagerado pelo álcool, hábito que não abandonara na travessia do Grande Canal. Em resumo, defeitos típicos nos genros de todo o mundo, mas especialmente incomodativos quando no seio de nossa família. Ele fora um bom partido de início, levados em conta o dinheiro e as terras que herdaria no

Continente, mas ninguém previra os estreitos limites de suas reservas morais.

Como desgraça pouca não se justifica, é imperioso admitir que Maria também se revelava uma esposa de qualidade questionável, incapaz de conceber um herdeiro, por mais que Francisco se mostrasse dedicado à nobre causa, batalhando por ela todas as noites. Mesmo nunca tendo sido uma menina caracterizada pela vivacidade, Maria demonstrava uma alheação incomum ao esforço sem medida do esposo, sempre desinteressada, invadida por uma melancolia profunda, suspirando triste pelos cantos, fixando o olhar perdido nos objetos, e desapaixonada pelos jogos do amor, aos quais tinha não apenas direito, visto que estava casada segundo as leis dos homens e de Deus, mas que também eram seu dever, pois tanto a nossa família quanto os du Barry ansiavam pelo fruto dessa união.

Sua mãe, minha tia Harriet, era irmã de minha falecida mãe, e me dera abrigo após a morte de meus pais num ataque de salteadores de estrada. Ela era uma senhora extremamente religiosa, se bem que menos ortodoxa do que seria aconselhável nestes tempos de puritanismo latente. Incrível como esses puritanos fazem barulho por nada, ou por coisas mínimas. Aposto que ainda vão criar muitos problemas para os monarcas deste reino. Mas, voltando ao assunto, a religiosidade de tia Harriet era tão grande que transbordava os limites de qualquer religião, fazendo

com que qualquer um dos dogmas em voga, católico ou protestante, fosse insuficiente para aquela alma sedenta de bênção divina. Padres e pastores eram para ela homens de igual valor perante o seu Deus, homens que a opção religiosa enobrecia igualmente, não importando o credo professado. Não obstante essa religiosidade imensa, minha tia Harriet estava longe de ser uma beata comum. Sua índole forte transformou-a, ao longo do casamento com o tio Frederico, numa matriarca de autoridade indiscutível no âmbito familiar. Seu corpo redondo e imponente, sua voz alta e sonora, seu rosto marcado, mas ainda firme, completavam o perfil ditado pelo temperamento. Tudo isso fez com que ela, não só por ser mãe, mas também por ser a chefe do clã, tenha sido a primeira a ouvir de Maria uma explicação para o que estava acontecendo. Uma vez que este depoimento tem por objetivo restabelecer a verdade dos fatos, reproduzirei aqui, *ipsis litteris*, qualquer diálogo que venha a ser importante para meu propósito.

– Minha mãe – disse a doce e jovem Maria –, desde as minhas núpcias padeço de um estranho sonho, que me assombra a todo momento, dormindo ou acordada, uma visão que não entendo, mas que não me abandona a qualquer hora do dia ou da noite. Esta obsessão provoca o meu desinteresse pelos carinhos de meu marido e faz com que eu perca os apetites da carne, tão importantes para o sucesso de meu casamento. Neste sonho, um leão dourado, de jubas solenes e movimentos majestosos, corre por um enorme campo florido, de flores azuis todas iguais, centenas, milhares delas. O leão corre em direção ao horizonte, até que suas patas dianteiras se levantam, ele dá um salto e desaparece no ar.

— Minha filha, que diabo (minha tia se penitenciaria depois, espontaneamente, por haver praguejado, comparecendo ao genuflexório durante semanas) de sonho é esse? Que leão o quê! Não sejas infantil, tu já és uma senhora casada. E como isto pode afetar teu estado de espírito, ou provocar este teu desinteresse em relação a teu marido?

— Eu não sei. Só sei que o leão carrega alguma coisa na boca, e eu corro atrás dele. Ele foge com alguma coisa que é minha, e eu corro atrás dele, corro, corro, mas não o alcanço. De vez em quando ele olha para trás e eu vejo uma trouxa branca pendurada em seus dentes, e no sonho eu sei o que está dentro, mas não quando acordo, aí só sei que é minha e que eu a quero de volta, mas não consigo alcançá-lo. Ele olha para trás antes de saltar para o vazio e parece que sorri, malicioso, endiabrado. Ele foge e sabe que o perseguirei, e demonstra querer isso, mas eu não o alcanço, não o alcanço, oh, mamãe!

Minha prima começou a chorar, cobrindo o rosto com as mãos, e afundando a cabeça contra os seios de sua mãe. Tia Harriet sempre desejara que a filha puxasse seu

temperamento forte e controlador, que como ela fosse dona absoluta das prerrogativas familiares, não deixando homem nenhum, filho ou marido, disputar sua autoridade. Assim tinha sido sua mãe, minha avó Maria, e assim era ela. Mas a neta não honrava o nome que recebera de vovó, caracterizando-se desde pequena por um temperamento frágil, dengoso, excessivamente doce para com os homens e o mundo em geral. Por isso, a mãe já não se assustava com mais aquele pranto, com mais aquela manha.

Mas, de qualquer forma, o assunto era grave. Numa reunião familiar, meus pais adotivos, tio Frederico e tia Harriet, Francisco e eu concordamos que Maria precisava de ajuda. Francisco, por fidelidade à Igreja de seu povo, bem como o tio Fred, por uma obediência nostálgica à religião de seus avós, queriam chamar um padre para benzê-la. Eu, prudente e respeitosamente, me calei. Tia Harriet, com o pragmatismo dos grandes líderes, ponderou que, até prova em contrário, o sonho era mais uma bobagem da menina. O importante, em seu entender, era trazer de volta a fertilidade ao corpo da pobre Maria, tornando-a novamente apta às tarefas conjugais e capaz de satisfazer as necessidades da família e do marido. Tia Harriet decidiu então convocar seu mais íntimo confidente, o senhor João Grymestone, a fim de com ele se aconselhar quanto ao melhor procedimento para o caso de sua filha.

O senhor Grymestone era um ex-funcionário público, muito respeitado na comunidade, que se afastara gradualmente da burocracia do Estado, devido a suas simpatias católicas, mas que, pela hombridade pessoal, fidelidade indiscutível ao pavilhão Tudor e amor sincero pela Inglaterra, era sempre chamado a resolver questões nas quais o seu juízo equilibrado e senso de correção eram da maior utilidade. Tendo um enorme respeito pela tia Harriet, ele a tratava como a um igual, mantendo com ela longas conversas sobre os mais variados assuntos, sempre trancados na privacidade do escritório. Nessas ocasiões nem mesmo meu tio Fred podia interrompê-los, tal era a devoção apaixonada com que se entregavam às altas questões da política ou do espírito, na solidão das tardes frias de Shropshire. O senhor Grymestone foi chamado e compareceu prontamente.

Ao chegar, trancou-se com tia Harriet no escritório por horas a fio, e mais tarde, ao saírem daquela profícua reunião, o senhor Grymestone tomou a palavra. Sua cabeça, coberta por uma peruca branca, polvilhada com esmero, parecia um repositório inesgotável de sabedoria, enquanto aquele homem doutíssimo e de singular erudição repetia para a família a decisão tomada em conjunto com tia Harriet.

– Meus queridos, não é novidade que eu tenho em vós a família que nunca constituí, e que sinto pela jovem

"Ela era uma senhora extremamente religiosa, se bem que menos ortodoxa do que seria aconselhável nestes tempos de puritanismo latente…"

Maria afeição comparável à que teria por uma filha de meu próprio sangue e de minha própria carne, bem como pelo nosso Valfredo. A situação é grave. Uma mulher que, contrariando o gênio do sexo, se desinteressa dos atos do amor agride um dos alicerces do casamento e da própria manutenção de nossa sociedade. Contudo, não sabemos a origem desse mal, e isso é o mais terrível no infortúnio que ameaça esta casa. Como conselheiro devotado que sou de todos aqui, peço a permissão de explicar detalhadamente as opções que temos no tratamento de semelhante achaque. Existem dois tipos de medicina, a temporal e a eclesiástica. Isso não sou eu quem diz e sim os mais doutos autores de compêndios médicos que as instituições do saber produziram até hoje. O primeiro tipo de medicina trata de achaques provocados pela matéria, pelo corpo propriamente dito, e utiliza-se de remédios naturais, simples ou compostos. São estes à base de ervas, plantas e substâncias orgânicas em geral. A medicina eclesiástica, cujo abandono é um dos motivos que me levaram a manter uma distância respeitosa do credo enunciado por Lutero e Calvino, consiste nos exorcismos, deprecações, aplicações de relíquias e demais objetos sagrados nos enfermos. A forma de ingestão destes remédios santos pode variar de acordo com o achaque. O primeiro passo a ser tomado é, portanto, descobrir a origem do mal de que padece a menina. Porém, não há como fazê-lo, senão iniciando um dos tratamentos. Diante disso, creio ser prudente optarmos por um procedimento conservador, qual seja, começarmos aplicando-lhe tratamentos calcados na medicina temporal. Isto por dois motivos: primeiro porque as bênçãos e os milagres de Deus devem ser usados como último recurso, quando falham os remédios naturais, dado seu caráter divino e sua imaterialidade transcendental; em segundo lugar, a menina não aparenta nem de longe ter cedido a uma invasão do Demônio em seu corpo. Tal desastre não acontece sem que as energúmenas, como são chamadas as vítimas deste achaque supremo, desandem a fazer imundícies incontroláveis. Elas incham com grande deformidade, a ponto de ficarem roxas e asquerosas, torcem ferozmente os olhos, esguicham vômitos fétidos, bramam horrendíssimos latidos de cão de fila, dão saltos pelos ares, atingem com cusparadas os retratos de Nossa Senhora e desferem violentas botinadas contra os missais. Como nenhum desses sintomas é visível em nossa querida Maria, minha opinião é a de que recorramos à medicina natural.

Ao final daquela horripilante descrição, olhamos todos para Maria... Após um momento de silêncio, concluímos que o senhor Grymestone não podia deixar de ter razão. Através das lentes delicadas de seus óculos, o senhor Grymestone sorria orgulhoso do efeito de sua retórica. Minha tia Harriet, desde que saíra do escritório, parecia satisfeita com a decisão que haviam tomado. Meu tio Fred, apesar de estranhar o fato de uma mulher tão religiosa como sua esposa descartar um tratamento espiritual, rendeu-se, como sempre fazia, à influência do senhor Grymestone e à vontade férrea de sua companheira. Francisco não dizia nem que sim nem que não, apenas exigia pressa, e Maria simplesmente chorava silenciosa no canto da sala.

Gostaria de lembrar-lhes, mais uma vez, que não foi a busca do prazer sensual, da luxúria muitas vezes presente nos atos venéreos, que levou a família e a coitada de minha prima a buscarem remédio para aquela situação. Foi pela tranqüilidade do casamento, pelo desejo de manter a fama de força e fertilidade das mulheres do clã e pela necessidade de encontrar um herdeiro legítimo, que decidimos trazer da corte um famoso cirurgião, homem de saber incomparável nos mistérios da anatomia. Seu nome era Fernando Castelar, indicando sua origem espanhola. Apesar de as terras do maior inimigo do reino inglês lhe terem servido de berço, ele integrava o seleto grupo de doutores nas medicinas naturais sustentados pela coroa. Enviamos-lhe uma carta na qual explicávamos o caso e prometíamos não medir despesas para resolvê-lo.

Ele chegou a nossa casa semanas depois, magro, alto e sisudo, com o ar antipático que a prepotência acadêmica confere aos homens em busca de auto-afirmação, e quis logo dar início ao tratamento. Maria aguardava-o em seu quarto. O doutor partiu para examiná-la, acompanhado apenas de tia Harriet e do senhor Grymestone. Após a troca de apresentações entre médico e paciente, teve início o exame. O doutor reclinou-se para perto do rosto de Maria e, enfiando-lhe três dedos goela adentro, pediu-lhe que recitasse um trecho dos tratados de Galeno, em latim. Como Maria se revelou incapaz de fazê-lo, o médico fez uma cara de muxoxo, fez *"tski, tski, tski"* entre os dentes e balançou a cabeça em sinal de lamentação.

O doutor pediu então para ficar a sós com a doente, a fim de detalhar sua investigação clínica. Ao sair, receitou duas bizarras misturas, que deveriam ser ingeridas pela enferma e que, segundo ele, iriam livrá-la dos humores cachoquímicos e putredinosos (palavras que não conhecíamos, mas que os altos manuais devem registrar) que abundam no útero feminino, conhecido receptáculo das matérias mais cruas e menos elaboradas do corpo humano. Após essa limpeza orgânica, garantiu o doutor, a matéria espermática de Francisco surtiria efeito e fecundaria o herdeiro ansiado.

Uma das beberagens consistia em coração, fel e fígado de peixe, misturados com ervas de nomes exóticos, que encontraríamos num fornecedor por ele indicado. A outra era feita à base de sangue de galo, muito eficaz para despertar os vigores da carne, disse ele, bastando que

se acrescentasse um pouco de pimenta e erva de espinheiro. A primeira das misturas deveria ser tomada pela manhã, todos os dias, e a outra, à noite, dia sim dia não. Em comum, se desejam minha opinião, as duas tinham apenas uma coisa, o aspecto repelente. Falo do aspecto, pois, Deus seja louvado, nunca experimentei o paladar, mas Maria, que obedeceu religiosamente às instruções daquele letradíssimo senhor, assegurou-me que jamais provara líquidos de tão medonho gosto. Ao invés de ficar curada, no curso de duas semanas Maria havia emagrecido alguns bons quilos, tornara-se ainda mais pálida e frágil, ainda mais indisposta para as carícias que seu marido tentava aplicar-lhe todas as noites, e registrara tamanho levante em seu aparelho digestivo, que nada do que comia parava em seu estômago. Os vômitos que começaram a ocorrer lembraram-nos a descrição que o senhor Grymestone fizera dos possuídos, mas não demoramos a reconhecer que, se tivéssemos ingerido metade das porcarias receitadas pelo doutor, nossas convulsões digestivas teriam sido ainda piores.

Tia Harriet deu então por encerrado o tratamento e passou um atestado de incompetência pessoal ao médico da Rainha e outro de descrença generalizada a toda a medicina temporal. Meu tio Fred esboçou uma reprovação, dizendo que previra o fracasso, que a importância do sonho havia sido ignorada e que todos esses "doutores", formadíssimos nas altas matérias, são mesmo é charlatões, e dos grandes, se não por natureza, por opção, argumento no qual passei a depositar uma crença inabalável. Meu tio parecia mesmo estar certo, pois o sonho continuava remordendo a mente de Maria e lacerando-lhe as noites de sono. Porém, minha tia interpretou suas observações como um insinuante desafio à autoridade que exercia na família e como uma tremenda desfeita ao senhor Grymestone, sentindo-se portanto na obrigação de censurar-lhe com gritos severos e, uma vez que nem assim ele se calou, de enviá-lo para nossa outra propriedade, em Worcestershire, vazia desde a morte de meus pais. Lá ele ficaria para sempre, administrando a fazenda e vivendo às custas das corvéias que recolhia dos plantadores da região. Menciono essa divergência entre meus tios e a conseqüente defecção do tio Fred, não para atentar contra sua masculinidade, mas para comprovar o brio e a firmeza dessa mulher maravilhosa que é a tia Harriet, à qual ninguém conseguiria resistir, pois até mesmo o senhor Grymestone, único homem capaz de dobrá-la, fazia-o apenas com o uso da inteligência superior de seus raciocínios.

Mas o problema de Maria ainda carecia de uma solução e por isso decidimos recorrer agora à medicina espiritual, novamente aconselhados pela sabedoria do senhor Grymestone e guiados pela determinação de minha tia, duas instâncias cujo acordo se fizera depois de outra daquelas longas reuniões a portas fechadas no escritório. Como os pastores protestantes que conhecíamos se recusavam a prestar serviços dessa natureza, recorremos a um padre ambulante que viajava pelo reino. Ele havia sido privado do direito de formar paróquia em virtude da consolidação da Reforma, mas oferecia uma cura rápida e definitiva para os males de nossa aflita Maria. Colocamos mensageiros à espreita ao longo das estradas principais do condado e, com um pouco de paciência, logramos encontrá-lo graças a nosso escudeiro Wilbur, que o localizou certa noite chuvosa numa estalagem chamada "A Sereia". Dias depois, o fiel Wilbur depositava o padre Moore diante de nós.

Ele tinha um aspecto bonachão, simpático e falante, dono de uma prosa fácil e que se prolongava horas sem conta, diante da lareira ou na mesa de almoço, batendo palminhas satisfeitas e aguando risonhamente à chegada das refeições preparadas pela cozinheira — uma preta gorda, neta de outra preta gorda que um de nossos antepassados viajantes trouxera de terras longínquas —, ou bebericando os licores oferecidos por minha tia após o repasto e usufruindo dos tabacos preferidos de meu tio Fred, cuja ausência o impedia de proteger seus preciosos estoques. O padre Moore estendeu, por dois dias inteiros, o festival hedonista a que se dedicava com afinco, sem se dignar sequer a visitar Maria no quarto onde estava presa devido à anemia e à debilidade agudas, que resultaram do tratamento anterior. "Preciso antes sentir o ambiente, meus caros, farejar, ou não, a presença do Demônio nesta casa", dizia ele, e todos aquiescíamos cerimoniosamente, reprimindo nossa ansiedade e expectativa.

Finalmente, na manhã do terceiro dia, pressionado pela desconfiança do senhor Grymestone e pela irritação visível de minha tia, o padre Moore decidiu dar início à cura eclesiástica. Ele nos garantiu que o Demônio não estava entre nós, mas isso já sabíamos desde a descrição que ouvimos das energúmenas e, portanto, sua primeira revelação não causou o impacto desejado. O padre verificou então que um malefício era a causa da infelicidade de Maria. Ela não estava possuída, visto que não havia sido o Demônio pessoalmente a invadir-lhe as vísceras, mas o poder demoníaco fora invocado por terceiros contra a delicada criatura.

– Nestes casos – disse ele, assumindo uma formalidade incomum até aqui – o remédio consiste numa água benta e preparada a partir de certas fórmulas encantatórias que apenas eu em todo o reino conheço. Para fazê-la, no entanto, preciso de duas coisas, uma delas é privacidade, preciso de um quarto reservado, no qual me prometam que não irão entrar nem mesmo se ouvirem gemidos e sussurros estranhos, visto que tudo isso faz parte da preparação do ungüento. A segunda coisa de que preciso é uma auxiliar, uma ajudante, que não pode ser a doente, é claro, nem qualquer de seus familiares, sendo aconselhável nestas circunstâncias uma serviçal, uma empregada.

Eu então sugeri a cozinheira gorda pela qual o padre tomara tanta amizade e desenvolvera tamanha admiração, mas ele reagiu prontamente, rechaçando a idéia.

– Não, não e não! – gritou ele nervoso. – Não por dois motivos fundamentais: um, por ser ela negra, raça que, como sabemos, está mais próxima do Demônio do que a nossa, fazendo com que nesse caso a eficácia do remédio seja ameaçada, e dois, porque, como se trata de um caso de ausência de fertilidade, quanto mais a assistente for jovem, viçosa, em resumo, fértil, maior será o poder de cura do ungüento que prepararemos.

Chamamos então a camareira Sofia. Moça jovem, loura, de belos olhos azuis, havia poucos meses empregada na casa e que se dispôs generosamente a auxiliar na cura de Maria. Tudo acertado, o padre foi ao quarto da enferma e distribuiu certos objetos sagrados pelo cômodo. No decote da camisola de Maria, pediu licença para colocar fiapos do manto de Santa Cecília, na mesa de cabeceira repousou pedaços das unhas de São Bartolomeu (pedindo que fechássemos a janela para que o vento não os espalhasse pelo quarto), no pé da cama espetou as farpas do Santo Lenho que Jesus carregou no Calvário, e os molares de São Francisco de Assis, amarradinhos num barbante, ele

pendurou na maçaneta da porta. Após esses preparativos, que nos pareceram a garantia indubitável de uma cura breve e eficiente, o padre pediu a Maria, enquanto ele estivesse trancado no quarto com a jovem camareira, que repetisse incessantemente palavras santas que completariam a reza que ele e Sofia fariam lá dentro:

— Repita então, sem parar até que eu volte, *Sana me Domine*.

— Só isso, padre? — perguntou a inocente Maria, ignorando a imensidão do poder divino.

— Como só isso? — redargüiu ultrajado o padre. — Menina, é possível que, por teres ignorado os poderes da magia e das palavras encantatórias, tu tenhas caído vítima desse malefício, e se assim foi, mereceste!

Minha tia Harriet, mulher experiente e hábil, apaziguou os ânimos, desculpando-se pela gafe de minha prima, dizendo que a moça estava muito nervosa e pedindo ao padre que relevasse as tolices da juventude.

Lá foram ele e Sofia para o quartinho, e lá ficou Maria repetindo *"Sana me Domine, Sana me Domine, Sana me Domine"*, enquanto nos dirigia olhares de dúvida como se perguntasse: "Eu estou fazendo direito?" Quarenta minutos depois, um pouco suado, com os olhos brilhantes e um ar satisfeito, o padre terminou sua reza, vindo nos encontrar junto à cama de Maria. Segundo ele, a preparação do ungüento fora um sucesso, bastava agora aplicá-lo na doente. Em suas mãos estava uma bacia cheia de uma água esbranquiçada, que ele chamava de água-de-córdova, sabe-se lá por quê. Sofia fora direto para seu quarto e não apareceria mais até a manhã seguinte.

A aplicação da tal água na enferma trouxe novos problemas, pois o padre insistia em aplicá-la pessoalmente, com um pano umedecido, nas partes pudendas de Maria, o que despertou enormes protestos tanto de minha tia quanto de Francisco. O padre, apesar de contrariado, resignou-se àquela interdição irredutível e permitiu que a mãe da enferma fizesse a aplicação, ressalvando apenas que tal procedimento contrariava seu método e poderia prejudicar sua eficácia. Nem esta ameaça fez minha tia voltar atrás, e nos dois dias que se seguiram, todo o procedimento foi repetido; o padre ia para o quartinho com Sofia, de lá saía com a água, e daí em diante minha tia Harriet assumia os trabalhos.

Ao final do terceiro dia de aplicação e quinto de sua estada em nossa casa, o padre Moore deu o tratamento por terminado e foi atender a um chamado que chegara de uns vizinhos que moravam algumas léguas ao sul. Em Maria, ninguém foi capaz de perceber qualquer mudança. O mesmo desalento a abatia e a mesma frieza impedia-a de satisfazer o marido, fazendo com que seu desespero aumentasse ainda mais. Francisco então, nem se fala, urrava de ódio do padre, isto quando não descontava na bebida, ou na própria Maria, a dor de suas frustrações. Já na criada Sofia, muitas mudanças eram visíveis. Aquela moça silenciosa que contratáramos, sempre recatada e pudica, agora era vista tagarelando com as outras serviçais, dando risinhos histéricos e suspeitos, fazendo com que, ao entrarmos na cozinha, tivéssemos sempre a impressão de estar interrompendo alguma conversa secreta e obscena. Finalmente, uns três meses depois, a cozinheira nos contou os motivos daquele estranho comportamento. Não vem ao caso, nesta declaração que pretende resgatar a honra de uma donzela, especificar detalhadamente a culpa de uma meretriz, puta e reputa, como Sofia. Apenas direi que o tratamento do padre contra a esterilidade feminina surtia efeito, mas corria o risco de atingir a mulher errada.

Com mais esse fracasso, minha tia perdeu a paciência e os conselhos do senhor Grymestone ficaram desprestigiados em nossa casa. Isso não impediu que suas reuniões a portas fechadas continuassem, mas agora em regime de simples amizade e sem o caráter de balizadoras dos destinos da família. Enquanto isso, o leão dourado continuava interferindo nas noites de minha prima, com seu campo de flores azuis, seu sorriso malicioso e sua fuga inexplicada com um objeto desconhecido. Minha tia decidiu então apelar para todas as formas imagináveis da medicina popular. Feiticeiras que prometiam alcançar a saúde da enferma por meio de contrafeitiços, benzedeiras cujas rezas prometiam aumentar a fertilidade do casal, mezinheiras que juravam ser capazes de quebrar aquele malefício com filtros do amor, outras que recomendavam a colocação de agulhas nos calções de Francisco, ciganas que praticavam a quiromancia, a arte de ler nas raias das mãos, bem como nas fisionomias, o temperamento e as propensões do espírito de cada um, enfim, práticas admiráveis que conclamavam juízos ocultos ao Senhor Nosso Deus. A casa de meus tios se tornou um pólo de atração para esses profissionais da magia, que vinham dos quatro cantos do condado. Porém, de concreto, nada conseguimos.

Apenas a disposição de Maria havia melhorado, não sabemos se por conta desses remédios, digamos, pouco ortodoxos, ou se por uma natural recuperação da anemia provocada pelo primeiro tratamento. Contudo, essa melhora não foi o suficiente para curá-la. Das informações que obtivemos após tantas consultas, o único diagnóstico confirmado dizia que a jovem donzela era realmente vítima de um ligamento, um tipo de feitiço específico que caracteriza uma coação através da magia, feito por alguém que a invejava ou a quem ela ameaçava de alguma forma, o que é difícil de imaginar, pois, como já disse, minha prima era doce e inofensiva.

Numa tarde, após o almoço, o senhor Grymestone tentava mostrar a minha tia Harriet o desperdício de tempo e de dinheiro que era receber, remunerar e alimentar toda aquela gente desclassificada que vinha batendo a sua porta nos últimos meses. Reproduzo aqui suas palavras:

— Minha cara, a história nos dá exemplos que não podemos ignorar e todos os que encontrei, sem exceção, condenam as blasfêmias, curandeirices e apostasias com que tens procurado alcançar saúde para tua filha. Isto tudo são vícios detestáveis com os quais nunca é lícito aos olhos de Deus cooperar.

— Queres que eu faça o quê, João? Que eu chame de novo aquele padre tarado, para emprenhar outra serviçal? Ou que traga para cá novamente aquele envenenador disfarçado de erudito, para atacar ainda mais a constituição física da menina?

— Minha cara Harriet, permita-me ilustrar-te com uma história muito edificante que aprendi outro dia. Estava o glorioso papa Inocêncio III sitiado em Roma pelos exércitos sanguinários do famigerado Alarico, sem esperança de resistir aos ataques dos bárbaros visigodos. Em meio a essa enrascada, apareceram feiticeiros que, com o poder das bruxarias de que são dotados estes confederados do Demônio, prometiam-lhe a salvação da capital do Império de toda a Cristandade. Sabes o que ele fez, sabes o quê, sabes o quê? Ele recusou e disse: "Mais vale Roma perdida para selvagens do que Roma defendida pelo Demônio". Sabes lá o que é isso? Que força! Que fé!

– Pois ele que a conserve, em meu caso a fé não bastou e tive-a em quantidade, mas o padre que tu me arranjaste se revelou um sacripanta, destituído de fé ou de qualquer tipo de decência, indigno do posto e das batinas que vestia.

– Tira o doutor Fernando e o padre Moore da cabeça e presta atenção, eu afirmo que nunca é lícito cooperar com o pecado alheio, contratando essa gente e dando-lhes de comer, ainda que por razões de conveniência. Afinal de contas, mais vale escolher a morte com Deus amado do que viver com Deus ofendido...

Os olhos de tia Harriet faiscaram raivosos diante desse exagero canônico, e eu já temia pela sorte do senhor Grymestone quando, naquele exato momento, uma nova curandeira entrou na sala, conduzida por Sofia. O corpo da desconhecida se retorcia numa corcunda abjeta, obrigando-a a apoiar-se num bastão de madeira escura e cheia de nós. Seu rosto estava coberto por um capuz de lona crua e amarronzada, que se estendia até os calcanhares, como um hábito de monges medievais. Suas mãos eram trêmulas e encarquilhadas. Seus pés, cobertos por trapos imundos, se arrastaram para junto de nós, compassados pelos toques da bengala no assoalho. Numa voz rouca, ela disse:

– Eu sou a Mãe de Nottingham, levem-me ao quarto da ligada, que eu direi como poderão curá-la.

"Seu rosto estava coberto por um capuz de lona crua e amarronzada, que se estendia até os calcanhares, como um hábito de monges medievais…"

Após o susto que tal visão nos causara num primeiro instante, o som daquelas palavras nos despertou de uma espécie de transe coletivo, e fez com que nos levantássemos atabalhoadamente para conduzi-la ao quarto da enferma. Os aposentos de Maria ficavam no mesmo andar da sala de banquetes e eram decorados com extrema simplicidade. Eles dispunham somente de uma pesada cômoda talhada em madeira de lei, na qual repousavam castiçais e um crucifixo de marfim, uma cama estreita e, acima dela, pendurado na parede, um arrás enorme, onde uma paisagem bucólica francesa era retratada. O despojamento de seu quarto não correspondia ao tradicional bom gosto dos Margarelon em assuntos de mobiliário e decoração. Porém, a natureza simples da jovem, o medo de que a romaria de curandeiras trouxesse ladras em seu bojo, além da humildade sempre recomendável quando favores divinos são pedidos, tinham feito a norma da austeridade se instalar.

Ao entrar, a Mãe de Nottingham dirigiu-se a Maria e, sem maiores delongas, começou a interrogá-la a respeito do sonho que a afligia. O curioso era ninguém ter dito uma palavra sobre a existência deste ou de qualquer outro sonho. Isso talvez fizesse parte da sua magia, mas não cabe a mim esclarecer como ela funcionava. Outra vez, portanto, a fuga misteriosa do leão dourado foi descrita com todos os seus pormenores, o campo tingido de flores azuis, a trouxa branca nos dentes, o sorriso malicioso, o pulo e o desaparecimento no ar. Após ouvi-lo atentamente, a Mãe de Nottingham assegurou-nos que muitas vezes a cura de ligamentos é impedida pela ignorância dos objetos catalisadores das forças maléficas. Tais objetos são colocados perto da vítima do ligamento e obram como um foco do poder demoníaco junto a ela, sendo portanto imperiosa sua descoberta e neutralização. "Sem que eles sejam trazidos à luz, o ligamento não pode ser extinto", sentenciou a velha.

Aquela mulher soturna, que habilmente escondia o rosto de nossos olhares curiosos, mantendo-o debaixo da sombra do capuz, exibia tamanha segurança no trato de achaques sobrenaturais como o de minha prima e nas fórmulas complexas em que os tratamentos de igual casta se baseiam, que em todos nós, minha tia Harriet, Maria, Francisco e eu, inspirou uma valente confiança. Apenas o senhor Grymestone resistia ao magnetismo severo e enigmático da curandeira, sussurrando pelos cantos, nos ouvidos de quem lhe desse oportunidade: "Ela é uma bruxa, confederada do Demo, enviada pelo coisa-ruim para agravar os males da enferma, indispondo-a com Nosso Senhor", e prosseguia dizendo que seus métodos de cura resultavam de um pacto tácito e implícito com o Demônio, que não havia objeto maléfico algum e que mesmo que houvesse ela não o encontraria, que minha tia perdera a cabeça e, por fim, que Maria jamais seria curada por feitiços contrários ao Livro Santo. Seu pessimismo, no entanto, era muito menos contagiante que a firmeza sombria da velha, que nesse ínterim pitava um estranho fornilho portátil, queimando ervas nauseabundas, circunspecta e aplicadamente, com os olhos fechados, defumando o quarto de Maria numa preparação vital para o sucesso de seu desempenho.

– Como a senhora pretende adivinhar onde está escondido esse alegado objeto maléfico sem uma bola de cristal? Ou será que nesse caso é mais adequado o método do livro e da chave, onde a Sagrada Escritura é vilipendiada e tratada como objeto de uma crença barata; não como uma fonte inesgotável de saber religioso, mas sim como um fetiche, o que denota uma fé primitiva, inculta e contrária aos interesses de Deus e ao bem dos homens?

Ela abriu lentamente os olhos e apertou-os na direção do senhor Grymestone, enquanto uma baforada repentina do fornilho demonstrou sua irritação. Não satisfeito em estorvar a concentração da bruxa, o senhor Grymestone prosseguiu:

– Como a senhora vê, Mãe de Nottingham, eu conheço todos os seus truques e não pense que me deixarei enganar tão facilmente quanto os demais membros desta família. Apesar da crise de fé pela qual passam neste momento de angústia, trago-os unidos ao meu coração e

estou resolvido a defendê-los de qualquer charlatona que apareça sem ser convidada ou mesmo desejada.

– Convidada não fui realmente, mas os charlatões já estiveram aqui e deles esta família já não foi protegida. Além disso, eu não faço truques, eu conheço os segredos de práticas mágicas populares, que podem ser incultas como o senhor disse, visto que não perdemos tempo teorizando sobre elementos que estão muito além e acima de nosso conhecimento, mas que são extremamente eficazes. Quanto aos métodos adivinhatórios citados pelo senhor, antes de indicarem um profundo saber na matéria, revelam um entendimento bastante precário dos objetivos de cada um deles. Tanto a bola de cristal quanto a técnica da chave e do livro só têm utilidade na busca de bens perdidos quando se trata de furto e, portanto, não se aplicam em nosso caso. Já que o senhor parece interessado nas minhas práticas, voluntario aqui algumas explicações suplementares. A bola de cristal trabalha de forma bem simples, produzindo em seu interior o rosto do bandido. Porém este é um método recomendável apenas em última instância, visto que beira a invocação do espírito do dito-cujo e com os espíritos danados não se deve bulir. Já no método do livro e da chave, ocorre o seguinte: o senhor tem razão, essa prática é mais eficaz quando o livro em questão é a Bíblia ou um volume de salmos, mas pode bem ser uma homilia ou um manual do credo protestante, pois as energias da natureza não hão de fazer diferenciação. O primeiro passo é colocar a chave num determinado ponto do livro. Escrevem-se então em papéis separados os nomes dos suspeitos e vão-se colocando, um a um, esses papeizinhos no oco da cabeça da chave, até que o nome do verdadeiro culpado seja ali espetado. Então o livro irá tremer e tudo se esclarecerá. Conto isso por não ser ciumenta em relação a meus conhecimentos, ao contrário da sua Igreja, que por séculos represou o saber atrás das paredes frias dos mosteiros, mas também porque tais práticas são mágicas em si, não necessitando de mulheres como eu para que tenham êxito. Nós somos apenas as reprodutoras de um tipo de saber que, condene o senhor ou não, é cada vez mais procurado nestes tempos incertos, quando católicos e protestantes disputam um só Deus, confundindo os homens que nele depositam fé e desacreditando seu poder. Mas, voltando ao tema em questão, tanto a bola quanto a chave e o livro não servem agora, pois não se trata de saber quem fez este malefício, ao menos não é essa a prioridade. O que é preciso é descobrir onde está o foco deste malefício, o instrumento do mal escondido por aqui e que perpetua o ligamento da menina.

O senhor Grymestone, altivo, silenciou, fugindo da polêmica iminente, gesto por todos encarado como um recuo honroso e digno de seu temperamento superior.

A Mãe de Nottingham retomou seus trabalhos, e sem demora empesteou o quarto com o cheiro de fumo barato. Então pediu que providenciássemos uma tesoura e um crivo. Vendo-se de posse dos tais objetos, a velha fincou a tesoura num rebordo da peneira e pediu a Maria que enfiasse seus dedos indicadores na argola superior do cabo da tesoura, segurando a peneira com o resto dos dedos disponíveis. Enquanto Maria, meio sem jeito, executava os movimentos prescritos, a velha feiticeira repetia em voz baixa, "Pensa no sonho, lembra-te do leão, da fuga do leão dourado, dos campos de flores azuis, do mal que te aflige, concentra-te... concentra-te no leão", induzindo minha prima a evocar as forças místicas que sobre ela imperavam.

Lentamente, o castelo caiu no mais absoluto silêncio, a noite baixou e somente os ruídos da escuridão se fizeram ouvir. A atmosfera aquecida do quarto enfumaçado e a luz bruxuleante das velas isolavam-nos do frio, do breu e do resto do mundo. Ninguém ousava dizer uma palavra, enquanto a feiticeira sussurrava seus bordões mágicos, permeados com nomes típicos das crendices populares – "Onde está esse leão, filhote do Demo Flibberdigibbet? Onde é esse campo florido, São Withold?" – ou dirigia-se à Maria – "Concentra-te no leão. Idéia firme no leão. Pensa bem, pensa forte". A expectativa foi crescendo, crescendo, crescendo, até

que, subitamente, a tapeçaria pendurada atrás da cama rompeu a quietude do ambiente, rasgando-se ao meio, SSSRRRAAAAAAC!!!, como se duas mãos gigantes e invisíveis estivessem torcendo-a diante de nós. Olhamos assustados para a parede e Maria deu um pulo da cama, largando tesoura e crivo num impulso, com medo que o arrás caísse em sua cabeça. Agarrada à mãe, Maria tremia e suava, enquanto a velha feiticeira caminhou lentamente para a tapeçaria caída e, de dentro da trama de lã, retirou um pequeno bordado em forma de brasão.

Tais bordados, como todos sabem, são muito comuns em nosso país, representando símbolos do reconhecimento social de cada família ou indivíduo, que por intermédio de convenções figurativas ilustram muitas coisas, entre elas a origem de seu dono, a atividade à qual se dedica etc. O brasão dos Margarelon, por exemplo, é de uma beleza extraordinária. No formato de um escudo, superfície mais larga no alto que vai afinando à medida que desce, nosso brasão estampa um nobilíssimo javali, em pé nas duas patas traseiras, espetando altivamente suas duas presas recurvadas no ar, a boca semi-aberta como se emitisse um urro selvagem, anunciando a distância sua ferocidade guerreira e sua coragem visceral. Ora, pela reputação, pela posição social, e até mesmo pelo conhecimento já travado entre vós leitores e os membros de minha família, ainda que indiretamente através desta narrativa, está claro que os Margarelon pertencem a uma antiga linhagem de guerreiros, sempre dispostos a arriscar a vida pelo rei, por São Jorge e pela Inglaterra. No mais, em volta do sagrado javali, um padrão em xadrez vermelho e branco ocupa o fundo do brasão, salpicado de graciosas tetinhas de vaca, rosinhas e simpáticas, indicadoras de nossa orgulhosa origem rural. No que tange ao lema dos Margarelon, inscrito ao pé do brasão, espalhou-se um boato malicioso e infeliz, preço que clãs invejados como o nosso não podem deixar de pagar. Muito antes do episódio aqui já relatado da dívida de gratidão do velho Henrique VIII com meu avô, nosso lema era uma passagem de Horácio, que dizia, *Laudutor temporis acti*, ou seja, "Louvador do tempo passado", numa tentativa de cristalizar, em poucas palavras, o apreço que temos às tradições e à história gloriosa de nossa família, que se mistura inseparavelmente à de nosso reino e à do povo inglês. Contudo, após a obtenção do patrocínio real, os cortesãos e nobres, ciumentos de nossa fortuna e dos agrados que a coroa nos dispensava, conceberam uma versão irônica dessa dádiva real, espalhada à boca pequena por toda a corte e consubstanciada na deturpação dos manuais de heráldica, segundo a qual nosso brasão encimaria o seguinte moto, *Lentus in umbra*, ou seja, "Ocioso na sombra". Aproveito a oportunidade para dizer a essa corja que ocioso é a mãe!

Peço perdão por minha reação um tanto sangüínea diante de calúnias tão desprezíveis e se me estendi na descrição analítica das armas de minha família. Meu propósito limitava-se a enunciar alguns mecanismos básicos de interpretação, para que o significado do brasão encontrado nos destroços da tapeçaria fosse mais facilmente compreendido. Este também era em forma de escudo, digo isto porque, apesar de ser o formato mais comum, existem aqueles que dispõem suas armas na horizontal, com dois animais ladeando um círculo onde os sinais da família são inscritos, acima de seu lema ou divisa. Como já disse, o brasão suspeito de ser o instrumento maléfico e o perpetuador do achaque sexual em minha prima tinha o formato tradicional. Ele era dividido em quatro partes por linhas retas, uma que o atravessava de ponta a ponta na vertical e outra que o cruzava na horizontal. Constavam nele apenas dois padrões iconográficos. Um era o leão rampante, figura de praxe nos brasões ingleses, pois simboliza a Inglaterra. Estes leões se chamam rampantes por estarem em pé (assim como o nosso javali é também chamado de javali rampante), apoiados nas patas traseiras. Contudo, uma pequenina coroa encarapitava-se em suas cabeças, configurando então leões rampantes coroados, uma categoria que indicava ser este um brasão real. O outro padrão figurativo desse brasão eram as flores-de-lis, representadas em azul, símbolo inconteste da casa real de França. Nas divisões superiores do brasão, a da esquerda continha os leões e a da direita, as flores; nas divisões inferiores, as figuras se invertiam.

A ligação do sonho com esse brasão era evidente. Pela primeira vez tínhamos progredido rumo ao restabelecimento de Maria. Acontece que nenhum de nós conhecia a fundo os anais heráldicos e, por conseqüência, não éramos capazes de identificar os donos de um brasão apenas através dos sinais nele contidos. Nossa habilidade limitava-se à apreensão de certas mensagens implícitas nos motivos que apareciam estampados, e só. Para dificultar ainda mais nossa leitura, ele não tinha moto, o que muito teria ajudado nessa identificação, e a simplicidade de sua composição, com apenas dois motivos em fundo branco, contrastava um bocado com a importância das figuras, ambas simbolizando as casas reais dos dois reinos mais poderosos do mundo civilizado. Isso poderia significar que esse brasão era antigo, do tempo em que as decorações acessórias ainda não eram usadas, ou poderia indicar apenas que se tratava de uma falsificação, de uma divisa inexistente.

Após termo-nos debruçado sobre o bordado misterioso que a feiticeira deixara em cima da cama, e após chegarmos ao dilema acima descrito, voltamo-nos para trás, a fim de perguntar à Mãe de Nottingham que serventia ele poderia ter na cura de Maria. Ela não estava

— 71 —

mais lá. Assim como veio, foi, misteriosamente, sem
nunca termos sequer visto o seu rosto. No chão
do quarto, apenas um bilhete:
"Procurem o dono".

Todo o episódio era fortemente misterioso, mas a lembrança da firmeza daquela bruxa e a eficiência de seu encantamento, além, é claro, da curiosidade generalizada em torno daquele pequeno pedaço de pano bordado, fizeram com que escrevêssemos aos grandes doutores em heráldica na corte. Recomendamos aos mensageiros que fossem num pé e voltassem no outro, disparando pelas estradas e trocando as mudas de cavalo em cada estalagem por onde passavam. Semanas depois chegou a resposta. O brasão era do mais nobre dos Plantagenetas, dinastia que por trezentos anos reinou sobre nossa terra, e pertencia ao homem que, com a fé em Deus, a coragem de seus súditos, a fidelidade da nobreza e a aliança com o reino da Borgonha, praticamente venceu a guerra secular contra a França, na Batalha de Agincourt. Seu nome era Henrique de Monmouth, mais tarde conhecido como Henrique v. Porém, muitas coisas ainda não se encaixavam. O leão no sonho de Maria era o leão inglês, correto. As flores azuis, as flores-de-lis da França, certo. Mas o que isso tinha a ver com sua doença? Seria a enfermidade um castigo por ela ter-se casado com um francês? E mesmo que fosse, Henrique estava morto há cento e oitenta anos! O que ele tinha a ver com tudo isso? A identidade do responsável por aquele cruel ligamento era uma pergunta que ainda não ousávamos levantar, deixando-a para depois que Maria estivesse curada.

Nenhum de nós conseguia estabelecer o próximo passo a ser tomado, embatucados que estávamos com tantas perguntas sem resposta. Foi a própria Maria quem, certo dia, tomou uma decisão.

– Mãe, já sei o que fazer, preciso ir a Londres. As cartas dos arautos e dos oficiais de armas da corte diziam que Henrique está enterrado na Abadia de Westminster, não diziam? Então é lá que eu preciso estar! Se ali está a porta que o separa de mim, lá estão as minhas chances de cura, de acabar com essa mortificada provação, que atormenta meu espírito e abusa de meu corpo. Mãe, preciso ir a Londres.

Todos achamos que uma visita à capital era ótima idéia, antes de qualquer outra coisa, é claro, pelo bem da jovem, mas minha tia há muito queria conhecer o ateliê dos novos costureiros da aristocracia londrina, atualizar-se nas últimas modas e nos preceitos mais modernos da

etiqueta social; o senhor Grymestone iria aproveitar para adquirir reforços para a colossal biblioteca que o fazia célebre em todo o condado; e eu, um jovem criado no mundo bucólico do campo, mal podia esperar para sentir os ares urbanos, conhecer de perto as maravilhas da ciência, do alto comércio e da civilização. Em poucos dias arrumamos nossas malas e subimos no coche que nos levaria à capital do reino. Dois outros carros nos acompanhavam, levando as bagagens e alguns homens de confiança para nossa proteção ao longo do trajeto.

Um perigoso isolamento ameaça os viajantes, tanto nas estradas que cortam os imensos descampados típicos de nosso reino, com sua vegetação verde-amarronzada, meio úmida pelos castigos do clima, quanto nas sombras ainda mais úmidas das florestas, que escondem assaltantes e bandoleiros ou até mesmo criaturas fantásticas, duendes, fadas e outros seres tinhosos, que vêm bulir no sossego do cristão. Mesmo assim, fizemos uma jornada tranqüila. O clima foi piedoso, com duas ou três horas de sol por dia e, de resto, sem chuvas fortes, só uns pingos para fazerem jus à natureza da Ilha.

FAÇO UM breve parêntese em minha narrativa e peço-vos desculpas, caros leitores, por não ter feito até aqui uma descrição mais criteriosa da principal envolvida neste imbróglio em que estávamos metidos, Maria Margarelon. Porém, não é porque sou parente que eu iria fantasiar a realidade. Havia de fato muito pouco a contar sobre a menina. Ela era uma criatura infantil, suave e delicada. Isso eu falei e isso resumia tudo. As mulheres inglesas honram seus pais, casam cedo, e assim fez Maria, gente ainda pela metade já botava anel no dedo e partia para a vida.

Durante a viagem, contudo, uma coisa me chamou a atenção. Minha prima parecia diferente. Hoje, analisando retrospectivamente, detecto nela mudanças antes mesmo de nossa partida, pois conceber, pedir, quase exigir uma viagem a Londres, é coisa de pessoa decidida, que sabe o que quer. Pela primeira vez ela se posicionava firmemente a respeito de algo. A mãe admirou-se, eu também, Francisco como de costume não percebeu e o senhor

Grymestone tinha olhos para um único membro do sexo oposto, minha tia Harriet. Contudo, inclusive nós que reparamos, julgamos que fosse um gesto isolado, sem raízes profundas em seu caráter.

Mas, como eu dizia, enquanto Maria, tia Harriet, o senhor Grymestone, Francisco e eu balançávámos no trote da carruagem, reparei na prima com quem eu crescera toda a vida. Naquele momento, percebi que seu rosto era já de mulher, o olhar estava mais vivo, talvez pela excitação da viagem, natural nos de pouca idade como nós, talvez por algo mais profundo, inexplicável, mas que se fazia sentir e que um jovem como eu não poderia deixar de perceber e, relator honesto como também me professo, não poderia deixar de contar. Seus braços pareciam mais redondos, talvez pela dieta de engorda que vinha fazendo desde os enjôos causados pela medicina, e seu busto... com todo o respeito, porque prima, como se sabe, é homem para primo direito, o que eu alego ser na sinceridade da alma, mas seu busto estava mais cheio e belo. Pensei que a cura daquela falta de fertilidade devia estar próxima, pois menina jovem, quando os peitos crescem rápido, vem quente para o lado do sexo e do amor, isso todo mundo sabe e não implica desdouro. Minha prima estava, segundo meu juízo, realmente sendo objeto de atuações estranhas da natureza, que a esfriavam em suas obrigações conjugais, mas que a faziam abrir-se como uma flor de inverno, que pouco a pouco vai derretendo o gelo a sua volta. Em suas mãos estava o brasão do antigo Rei herói, com suas armas bordadas a ouro e celeste no tecido branco. A jovem não o soltava por nada, tendo nele um rosário só seu, inspirador de uma reza que só ela conhecia.

CHEGAMOS a Londres dias mais tarde, após várias noites maldormidas em estalagens de beira de estrada, e tomamos abrigo num edifício de dois andares, cuja vizinhança era bastante respeitável. Na manhã seguinte fomos para as ruas fervilhantes da capital do reino, com suas construções importantes (minuciosamente descritas graças aos minuciosos conhecimentos de arquitetura que possuía o senhor Grymestone), suas ruelas sujas e fedorentas, seus becos, sua fumaça, sua barulheira, suas tavernas, sua atmosfera inquietante de centro político, suas lojas, suas bancas de comércio, o porto, enfim, aquele monte de coisas que se vê quando não se conhece uma cidade e em que, depois que se conhece, não se repara mais. Só lá pelo final da tarde foi que chegamos à abadia de Westminster.

Lugares como Westminster nunca estão totalmente vazios, ao contrário, tendo sempre a sua volta peregrinos, fiéis das redondezas, penitentes vestidos de branco e exibindo em cartazes os detalhes de seus crimes, oficiais do clero em expediente de trabalho ou a passeio, transeuntes sem nome e sem direção, curiosos vindos dos cantos mais esquecidos do Oriente e visitantes em busca do apoio da fé ou do consolo da arte. Apesar de tudo isso, lugares como aquele nunca perdem a solenidade. Eu não precisava da ladainha do senhor Grymestone para reconhecer a beleza austera da abadia, nem Maria; Francisco, mesmo que estivesse interessado em ouvi-lo, não compreenderia uma sílaba do que estava sendo dito, além de já estar incomodado por uma fisgada de ciúmes daquele Rei que, mesmo defunto, absorvia a mente de sua esposa como uma obsessão. Sequer minha tia Harriet sentia especial interesse pelas análises arquitetônicas do senhor Grymestone, mas ela fingia apreciá-las no intuito de agradar ao amigo solícito, que fornecia informações sem ninguém pedir e administrava o passeio sem os outros necessitarem do gesto. A torre de trinta e quatro metros puxava nossas vistas para o alto, enquanto o senhor Grymestone dizia, embrenhado numa polêmica da qual era o único participante:

— Qual influência francesa que nada! Que meu caro Francisco perdoe a forte expressão, mas que se rachem os franceses! A única coisa boa no Continente é o catolicismo, o resto é uma danação tão grande que, se ainda por cima não tivessem a fé, o descalabro seria geral. Uma civilização de corruptos mentais, físicos e morais, isso é o que são, e ainda têm a audácia de alegar participação, por menor que seja, nessa preciosidade diante de nós! Estão

"Era sempre chamado a resolver questões nas quais o seu juízo equilibrado e senso de correção eram da maior utilidade…"

aí os mármores Purbeck dessas colunas bicromadas, que não me deixam mentir. Produto daqui, exclusivo das Ilhas Britânicas, coisa requintada e de gosto, que em nenhum outro lugar se desfruta.

Ninguém respondia coisa alguma, mesmo porque louvar a exclusividade britânica na produção dos mármores Purbeck não era, digamos, um de nossos pontos de honra. Maria, a esta altura, se afastara de nós e procurava avidamente a tumba de Henrique, lendo as inscrições dos túmulos nas paredes da nave e nas capelas laterais, enquanto eu a observava de longe, comprovando minhas constatações de durante a viagem, no que tange a seu corpo e temperamento, ambos mais maduros e formidáveis. Se ela estava esperando algum milagre acontecer, pensei eu, ali seria o lugar certo, naquela imensidão, naquela atmosfera santa, de mística perceptível quase que pelo tato, ali seria o lugar para o herói da guerra contra a França renascer ou, pelo menos, fazer uma rápida visita ao nosso lado da derradeira baliza. Maria, era evidente, nutria esperanças de que Henrique surgisse do mundo dos mortos, resgatando sua paz num só golpe. Quando ela estacou de repente diante de um dos túmulos, eu prendi a respiração. Por instantes, esperamos um sinal das forças do além.

Mas nada aconteceu. Continuou tudo como estava, sem que a tumba se acendesse num vulcão de luz brilhante, sem que a pedra lapidar se mexesse expondo a

— 81 —

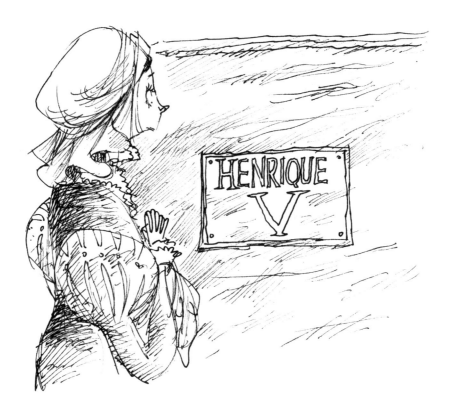

mão ensangüentada do herói, sem que fagulhas dignas da ressurreição dos mortos caíssem do céu, escorrendo pelas nervuras das paredes, enfim, sem nada que alterasse o curso natural das coisas. Os milagres são como os acidentes, nunca acontecem conosco. Aproximamo-nos de Maria, confirmamos a lápide e o nome inscrito no mármore, e então olhamos para ela. Vendo a decepção em seu rosto, eu a abracei e juntos nos dirigimos à saída da abadia, enquanto ela retorcia em suas mãos, magoada e com um certo rancor, o bordado com as armas do velho

Rei. Pouco atrás de nós vinham Francisco, minha tia e o senhor Grymestone. Não havia nada que pudéssemos fazer em benefício de Maria, senão empenharmos nossa solidariedade pela decepção que sofrera e pela renovação do tormento agora decretada.

A porta de saída desembocava num pátio largo cercado de árvores. Ao lá chegarmos, estávamos tão entretidos em nossa humanitária missão de consolo, que não reparamos num menino vestido em calças de malha listrada, com uma jaqueta de couro envelhecido e uma boina preta, onde espetara uma pena de ganso tingida de abóbora. Mas seus gritos alcançaram os ouvidos de Maria, e diziam: "Venham assistir, última apresentação, amanhã, quatro da tarde no Teatro Globo, *A Vida de Henrique v*, de Guilherme Shakespeare, última apresentação, venham, venham!"

Agora vejam a maneira pela qual os lances da fortuna se mostram ao cristão atento. Não havia raridade em anunciarem um espetáculo teatral nos portões de Westminster, pois é sempre lugar de muito movimento e exposição. Também nada tinha de excepcional a presença de visitantes do interior, como nós, admirando o túmulo dos reis. Mas cabe ao necessitado reconhecer o milagre, e uma coincidência que talvez tivesse passado despercebida para nós ressoou para Maria como um coro de anjos descidos do céu. Aquele anúncio inesperado fez suas carnes tremerem, seus cabelos arrepiarem-se, calores subirem e frios descerem por sua espinha. Ela correu em direção ao menino, arrancou-lhe um dos panfletos e, com os olhos faiscantes de alegria, voltou gritando até nós: "Ele veio!"

Só isso é milagre, o resto é balela. Os milagres são mesmo como os acidentes, eles estão nas pequenas coisas.

Até o início do espetáculo no dia seguinte, Maria não conseguiu pensar em outra coisa, como aliás é compreensível. Enquanto isso, eu aproveitei o dia para dar novos passeios pela cidade; minha tia obedeceu às obrigações que a moda e a etiqueta impõem às mulheres de berço e requinte; e o senhor Grymestone, carregando a tiracolo um entediado Francisco, fez o circuito das bibliotecas e casas de impressão. Às três da tarde, no horário previamente combinado, voltamos aos quartos alugados e de lá rumamos em direção ao teatro. Este era muito distante por sinal (como convém a entretenimentos dessa natureza), ficando na margem sul do Tâmisa, do outro lado da cidade. Quando a carruagem encostou, vimos aquela estranha construção circular, que contrariava todos os procedimentos conhecidos e que muito intrigou nosso instrutor voluntário nas artes da edificação. Com sólidas fundações em madeira, tijolos, cal e areia, o Globo lá de fora assemelhava-se a uma colméia de abelhas vazada no topo, e lá dentro, às arquibancadas do inferno, com suas vigas de madeira aparentes e o bafo morno do pecado no ar. O Globo isso, o Globo aquilo, diziam, com indisfarçável orgulho, alguns freqüentadores que entravam naquele momento para assistir ao espetáculo. Algo por sinal inexplicável para mim era essa vaidade da platéia, falando daquele lugar mundano como se fosse um orgulho nacional. Mas devo reconhecer que o teatro inspirava uma exótica imponência. O senhor Grymestone e minha tia Harriet já tinham provado o desprazer de assistir a espetáculos dessa natureza em Londres; mesmo eu e Maria já estivéramos no pátio de uma estalagem do vilarejo lá em Shropshire, onde se havia apresentado uma companhia teatral em excursão pelo interior. Mas nada se comparava ao tão falado Globo e seus três andares, seu palco enorme, com dois níveis e várias entradas e saídas e alçapões, com seus inúmeros cômodos tapados à vista do público pelas cortinas, onde se produziam tempestades, labaredas infernais, música celestial, entre outros efeitos cênicos. O teatro também dispunha de um largo espaço em frente ao palco, ao rés-do-chão. Ali, por um *penny*, o populacho podia assistir aos espetáculos. Havia ainda camarotes no segundo e no terceiro andar, para as pessoas de bem e de posição, que por um motivo ou por outro, ou por simples deslize de consciência, apreciavam semelhante passatempo. Se há uma ponta de admiração nas palavras que passo ao papel sobre o Globo, é porque, quando penso nele, sempre me causa espécie a necessidade que tem o homem de se auto-iludir, sua dedicação em construir monumentos a seu próprio engano, uma coisa de doido essa velha mania da humanidade, compreensível nos estágios mais atrasados de nossa civilização, mas um paradoxo nos dias correntes.

Estávamos há poucos instantes do início da peça e Maria já dava mostras de nervosismo, participando das conversas com incipientes "Hãa?", "Hum, hum", "É", "Não" e demais sensaborias. Ela mantinha seus olhos vidrados no palco, alheios a tudo o mais senão àqueles poucos metros de tablado que, por enquanto, apenas suas esperanças povoavam. Estava isolada num mundo só dela – agora por opção e não pela timidez infantil que demonstrara até recentemente –, esperando um Rei mágico, que havia ultrapassado os limites da tumba e penetrado em sua vida, passando a controlar seu destino. Não viesse alguém dizer que o sujeito no palco seria apenas um ator e aquela uma peça como tantas outras, pois desacreditar o milagre da véspera arrebentaria o último fio de esperança possível, que nesse momento ela vivia intensamente.

Pela abertura no alto do teatro, a luz da tarde iluminava a cena. Enquanto as pessoas se acomodavam em seus camarotes, a ralé lanchava, babava, arrotava, grunhia e prevaricava em frente ao palco. Maria remexia nas mãos, com ansiedade, o retalho bordado com o escudo do Rei Plantageneta. Então, aproveitando-se de um silêncio momentâneo na platéia, entrou no palco um dos atores, o coro, conforme ele mesmo teve a bondade de se apresentar. O homem deu início a uma invocação da fantasia, uma "musa de fogo" (atentem para a pobreza das imagens criadas pelo mencionado Shakespeare), incitando a todos no recinto a que desprezassem as formas concretas e acreditassem no que as palavras descreviam, e uma série de tolices do gênero. Não obstante o precário valor da literatura, essas linhas tiveram um efeito arrebatador em minha prima, ávida que estava em tornar o encontro com Henrique o mais real possível e portanto disposta a se deixar transportar pela "magia" das palavras, acreditando que só ele poderia curá-la, mesmo que não soubesse bem como, ou por quê. A partir desse momento, ela caiu num transe realmente místico, coisa que não se explica com palavras, mas que eu via crescer no fundo de seus olhos, cada vez mais vidrados e ao mesmo tempo cada vez mais expressivos, revelando uma beleza, uma espontaneidade, um encanto até então inéditos naquele semblante, um vigor e uma sensualidade nunca percebidos naquele corpo. Seu rosto respondia a cada gesto, palavra e expressão dos personagens. Quando Henrique entrou, vestindo roupas de veludo escarlate, nas quais se destacavam as cores luminosas de seu brasão, Maria perdeu totalmente o contato com a realidade. Ricardo Burbage, desempenhando o papel-título, cumpria sua função com habilidade considerável, tenho que admitir, recriando em cores vivas os traços que marcaram a trajetória do grande rei. Lá estavam sua disposição em servir aos interesses do povo inglês, sua fé em Deus, sua obediência aos altos magistrados da Igreja, seu desafio ao herdeiro do trono francês, mesclado à seriedade com que encarava uma declaração de guerra, enfim, cada detalhe de sua história e de sua personalidade. Tudo isso transportava Maria aos mais voluptuosos delírios, vibrando, enrubescendo, identificando-se totalmente com aquele ser fictício, como se a ficção lograsse de fato revivê-lo. O coro, ao longo de mais dois monólogos, repetiu seus clamores pela força imaginativa do público. Porém, Maria talvez nem mais o ouvisse agora, ela já não precisava ser encaminhada, seu espírito mergulhara naquele mundo fantasioso e parecia flutuar sobre o palco.

Como que por encanto, como se as experiências sobrenaturais que vivera nos últimos meses chegassem ao clímax, seus olhos testemunhavam o Rei herói ganhando vida a cada frase, algo intangível e etéreo para nós, mas que ela percebia em toda sua concretude mística. O Rei Henrique formava-se no corpo do ator, subia-lhe pela garganta, atravessava a barreira dos dentes e lançava-se no ar, alçando vôo, ecoando pelo ambiente e indo pairar indefinidamente sobre a platéia.

No início do terceiro ato, durante o ataque à cidade

de Harfleur, o soberano inglês, com sua armadura guerreira e empunhando sua lança de maneira viril e destemida, dava urros de incentivo a seu exército, na tentativa de romper as barreiras colocadas pelos franceses: "Para a brecha, uma vez mais, caros amigos, para a brecha!" Ao som desse chamado selvagem, pequenas gotas de suor, originadas na sensualidade da guerra, brotaram no rosto de Maria. "Para a brecha, para a brecha!", gritava o Rei, enquanto o peito arfante da jovem bombeava sangue para o rosto em brasa. "Para a brecha, para a brecha!", gritou ainda uma vez o Rei, prolongando em minha prima a cadência do espasmo sensual. Então, seu espírito encontrou-se com o de Henrique no ar, entrelaçando-se velozmente ao dele, subindo ao céu num êxtase imaterial, saindo pela abertura do edifício redondo e lavando o céu do poente com fachos de uma luz estranha e fantástica, que rodopiavam em acrobacias amorosas e coordenadas sobre o teatro. Assim Maria descreveu para mim as emoções que sentiu naquele dia.

Finalmente, um par de horas e dois atos depois, deu-se por encerrado o espetáculo. Ao sair daquele transe prolongado, Maria nunca mais foi a mesma. Dali em diante seu olhar se tornaria mais maduro, mais decidido, sua personalidade ganharia uma têmpera firme, só comparável à de sua mãe. Sua voz ficaria mais encorpada, menos tímida e reprimida. O futuro iria comprovar aquilo que percebíamos *in limine*, tal era a eloqüência das mudanças que sofrera diante de nós. Ela se fizera mulher, e um belíssimo exemplar, diga-se de passagem. Desde a viagem eu previra esse desfecho, que agora julgava estar completo.

Seu marido Francisco caiu de imediato num poço de estranhamento e insegurança, pois mesmo soterrado por camadas antediluvianas de insensibilidade, ele já percebia que estava para sempre perdida aquela mulherzinha frágil, cheia de dengos e passível de dominação conjugal. Tia Harriet estava contentíssima e traía uma alegria dobrada, achando que há males que vêm para o bem, regozijando-se por ter a filha encontrado o fio de seu destino e finalmente absorvido a seiva de força e determinação que corre nas veias da família Margarelon. Eu e o senhor Grymestone registramos o acontecido, mas guardamos nosso juízo e apenas assistimos ao desenrolar dos eventos.

— Eu vou lá! — exclamou Maria.

— Lá? Lá onde, menina? — perguntou a mãe, surpresa.

— Lá nos bastidores, eu preciso falar com o Rei!

— Mas que história é essa, Maria? — trovejou o marido, sentindo-se imediatamente ameaçado e tentando impor sua autoridade antes que fosse tarde demais.

— Francisco, desde a primeira noite do casamento, quando tu me apareceste com aquela touquinha de crochê que tua mãe te deu enfiada na cabeça, vestindo ceroulas coloridas, mais adequadas a um bufão que a um amante e escalando o leito nupcial enquanto balbuciava com voz de criancinha tolices irreproduzíveis, desde essa noite maldita, tu fizeste morrer em mim o desejo de ser mulher. Como um relógio que pára de bater, subitamente, minutos antes da meia-noite do dia trinta e um de dezembro, como um exército que se rende poucos metros antes da conquista, eu, que ansiava há tantos anos por aquele momento, fui lançada num mar de gelo, que me paralisou os instintos e me afastou dos prazeres do amor e da maternidade. Tudo por culpa sua. Agora preciso recuperá-los, ou não encontrarei até o fim de minha vida.

– Culpa minha? O que estás querendo dizer? Não repitas isso na frente dos outros! Era uma brincadeira, o que eles vão pensar! Quem esfriou teu corpo não fui eu, foi o malefício, foi o ligamento endemoninhado, lembra-te? Não fui eu! – respondeu o marido, acuado entre os olhares de triunfo da sogra e o rancor manifesto nas palavras da esposa.

– Não te iludas – retrucou Maria –, o ligamento foi para me salvar, não foi uma maldição, foi uma graça. Uma vez casada, não se muda o destino, e permanecerei unida a ti, como mandam as boas regras das quais não foge uma verdadeira mulher, mas aquele homem pode terminar a minha cura e não deixarei escapar essa oportunidade. O significado do brasão é bem claro e me atingiu como um raio durante a peça. Suas figuras estão acima de nós dois, ele domina a França e a Inglaterra. Ele não simboliza um homem qualquer, mas sim uma força superior e inquestionável, da qual depende a perpetuação de nossa família e contra a qual não adianta ter ciúmes ou esboçar prevenções. A trouxa branca que o leão carregava na boca era o meu filho, era a minha fertilidade e apenas a aura de um Rei poderá me curar, me devolver essa fertilidade. Eu vou lá, e agora.

Eu e o senhor Grymestone disfarçávamos nosso alegre espanto e fitávamos o vazio nos momentos em que Francisco nos dirigia olhares desesperados em busca de apoio. Enquanto isso, minha tia recostava-se na cadeira e dava um sorriso malicioso e despreocupado, como se agora sim estivesse assistindo a um espetáculo de seu gosto. Maria saiu de repente do camarote, arrancando num repelão a manga de seu vestido que Francisco tentara segurar, fazendo o pobre perder o equilíbrio e estatelar-se por cima da cadeira no chão. Francisco se levantou, sentou-se novamente e ficou ali, abatido, incapaz de esboçar qualquer reação, pálido e apoiando as bochechas nas mãos, balbuciando uns resmungos incompreensíveis e desinteressantes para todos nós.

Então, leitores a quem me dirijo, vejam que o *rendez-vous* de minha prima com o ator tinha histórico decente e justificativo. Ele se fez necessário, se não para uma cura, ao menos para uma transformação familiarmente muito proveitosa aos olhos dos Margarelon, que ganharam uma herdeira à altura da honradez desse matriarcado sem igual. Além disso, o desabrochar físico da prima Maria era coisa de admirar. No meu entender, inclusive, se ela deitasse na cama com homem agora, não haveria hesitação de espécie alguma, nem adiamentos ou frustrações. Eu estaria até disposto a tentar, pelo seu bem, desinteressadamente, para, no caso de algum improvável contratempo, o assunto ficar em família. Porém, se ela achava que somente Burbage, o ator, poderia cumprir a função, a esta altura de pouco adiantava discutir.

Conforme se apresentava a situação, não foi surpresa quando ela voltou e disse que marcara um encontro para mais tarde aquela noite com o dito, no edifício em que estávamos instalados. Ela nos contou também das condições que lhe impusera, segundo as quais ele deveria comparecer vestido nas roupas do monarca do leão e das flores-de-lis e deveria manter em segredo absoluto o evento.

Ao voltarmos do teatro, Maria deu logo início às preparações para o apontamento previsto. Demonstrando a firmeza e o poder de decisão que daqui em diante a caracterizariam, ela providenciou vinhos e champanhas dos mais celebrados buquês; espalhou pelos cômodos essências de perfumes exóticos e inebriantes, que segundo ela ajudariam a criar uma atmosfera de mistério e sedução; contratou em velocidade recorde um mestre na viola de gamba, que de seu posto, no quarto ao lado da alcova romântica, inundaria os ouvidos dos amantes com suas melodias e o som doce de seu instrumento; arregimentou uma camareira para lhe servir durante aquelas horas, moça discreta e com experiência nessas ocasiões; encomendou a feitura de um verdadeiro banquete, composto de carnes e peixes preparados nas mais ricas especiarias, além de frutas, manjares, queijos e muitos outros acepipes deliciosos e igualmente tentadores; não se esqueceu, também, de passar na modista mais cara da cidade e arrancar-lhe uma roupa glamourosa, mesmo sob os protestos da costureira, que alegava ser a peça um modelo exclusivo para a cortesã mais influente de toda a Inglaterra. "Tanto melhor", respondeu Maria sem pestanejar.

Ao chegar em casa, Maria já providenciara um verdadeiro festim amoroso e estava municiada com todos os apetrechos necessários ao incremento de sua beleza. Recolheu-se então para mergulhar numa banheira, onde leite e sais aromáticos se misturavam, como o elixir sagrado no qual as vestais deviam banhar-se antes de receberem as carícias dos deuses. Era realmente de fazer inveja a qualquer homem o tratamento que seria dado a Burbage.

Mesmo um primo respeitador como eu, senti uma parcela de despeito, pois mulher alguma jamais me proporcionara tais agrados. Tia Harriet, o senhor Grymestone e eu assistíamos, admirados, ao conhecimento profundo que nossa jovem parenta demonstrava nas coisas da paixão. Qual uma corredeira represada, que num estouro ultrapassa os diques e surge com força máxima na curva do rio, uma sabedoria nova rebentara dentro dela, instruindo-a com maestria nas artes do amor. As mulheres devem conhecer por instinto os caminhos do coração masculino, pois se a experiência amorosa de minha prima se limitava às bodas desastrosas e às noites de amor burocrático com o marido, de onde ela tirava todo aquele saber, aquela perícia na sedução? Minha tia, orgulhosa e satisfeita, repetia sem parar: "E ela nem me perguntou nada, nem me perguntou nada".

Foi realmente um espetáculo a visão de minha prima construindo o altar amoroso onde aconteceria sua verdadeira iniciação sexual, ainda mais levando-se em conta os propósitos nobres com que ela se dispunha àquele encontro. Não se tratava de um *rendez-vous* prosaico, como os que fazem parte do cotidiano de tantas mulheres de menor quilate, e tão freqüentes nas casas de Londres. Era uma cerimônia quase religiosa e certamente mística, uma noite cujo objetivo era reparar uma fertilidade perdida pela decepção conjugal e viabilizar um caso de amor entre uma mulher sofrida e o espírito de um Rei glorioso, dono de um brasão cujo simbolismo permitira o reencontro dela com seu verdadeiro destino e cuja glória lhe trouxera uma força nova e admirável.

Como se aproximava a hora marcada, Maria nos enxotou para o primeiro andar, pedindo que ficássemos escondidos no quarto dos fundos do edifício, deixando-a só com a camareira no andar de cima. Ela determinou, ainda, que de forma alguma aparecêssemos até que tudo estivesse acabado. Mesmo sendo empurrada àquele ato por causas tão nobres e honradas, a pudicícia e a moralidade intrínsecas a minha prima não lhe permitiriam levá-lo a cabo sob o testemunho dos familiares. A hipótese de nossa presença acarretar um constrangimento ao ator não me parece crível, visto que em sua profissão eles se exibem desavergonhadamente e com a maior naturalidade.

Nessa altura dos acontecimentos, Francisco já estava quase totalmente conformado, buscando o que lhe faltava de consolo no fundo de uma bojuda garrafa de uísque. Tia Harriet e o senhor Grymestone jogavam cartas, aparentemente tranqüilos e despreocupados. Somente eu prestava atenção nos ruídos que vinham da rua e do quarto de Maria. Aproximadamente meia hora antes do combinado, ouvi as aldravas pesadas batendo na porta da rua, os passos da camareira descendo a escada, os passos dela e do ator (quem mais poderia ser?) subindo de volta os degraus. A viola de gamba ressoou pela casa e foi, nos minutos se-

guintes, o único acompanhamento para o jogo de cartas, o emborcar dos copos e o brilhar das estrelas no céu.

Meia hora depois, inexplicavelmente, ouvi novas batidas na porta da rua. Maria gritou lá em cima para a camareira: "Atenda e afaste quem quer que seja!" Escutei passos descendo novamente as escadas, um gritinho abafado da serviçal, aparentemente de susto, seguido por uma voz que me pareceu, apesar de eu estar ouvindo através de uma sólida porta de carvalho, ser a de Burbage. Como seria possível? Se ele estava ali, quem estava no segundo andar? A empregada me pareceu subir a escada aos pulinhos desta vez, ao que tudo indica para anunciar aquela inesperada visita. Lá de cima ouço então uma voz desconhecida, que só mais tarde Maria confirmaria ser a do famigerado Shakespeare: "Diga a ele que Guilherme,

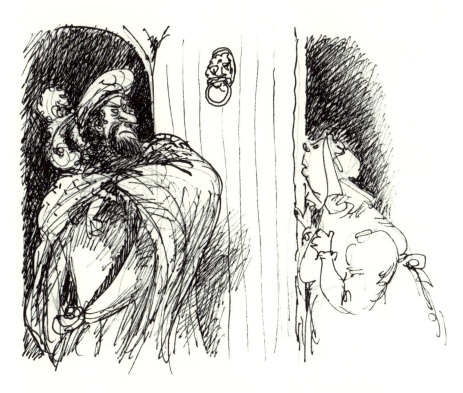

o Conquistador, chegou primeiro!" A camareira desceu e transmitiu o recado. Risadas masculinas ecoaram, vindas tanto lá de cima quanto da porta da rua. Ouvi os passos do segundo visitante indo embora, e a voz de Maria, alterada, meio de choro meio de revolta. Com isso, não é preciso dizer que minha tia e o senhor Grymestone abandonaram o jogo de cartas e até mesmo Francisco deixou de lado sua garrafa. No entanto, não conseguíamos entender as palavras que vinham do segundo andar, pois a distância tornava-as difusas, além de os sons que vinham da rua atrapalharem ainda mais. Apenas quando ouvimos novos passos, mais duros, de homem com certeza, descendo a escada e batendo a porta da rua, foi que tivemos coragem de subir para entender o que se passara.

Encontramos Maria com os olhos molhados por lágrimas recentes, mas aparentemente tranqüilizada, vestida apenas com uma camisola e sorvendo calmamente uma taça de champanha que servira da garrafa sobre a mesa. Ao nos ver entrar, ela esvaziou a taça num gole mais largo, se levantou e vestiu placidamente um robe-de-chambre vermelho, abotoando as fitas de cetim na altura do cós, numa laçadura impecável. "Não se assustem", disse ela, "já passou".

Conforme o relato que nos fez, cujos detalhes correspondem aos ruídos que eu ouvira lá do quarto de baixo, o acontecido obedece ao que já contei anteriormente: o autor teatral chegou antes do amigo Burbage, sob o disfarce combinado. Então, aquele mercador de vulgaridades usufruiu ilicitamente dos favores de minha prima, recebendo jocosamente o amigo. Ela nos contou que, ao se dar conta da perfídia e do engano, atravessou um momento de desespero, durante o qual acabou contando sua triste e lamentável história ao ignóbil Shakespeare, cujo coração de pedra e alma de demônio permaneceram insensíveis às suas penas. A culpa e o medo misturavam-se em seu coração, disse-lhe Maria, dado que ele não era o homem que vira no palco àquela tarde portando a indumentária e o brasão de Henrique Plantageneta, e que esse engano poderia contribuir para o avanço do achaque mortificador, além de comprometer publicamente sua honra. Aquele homem sem moral respondeu com um toque de desdém e condescendência, altamente condenável segundo a boa norma do cavalheirismo:

— Minha cara, isso são tolices em nada compatíveis com a moça que ouvi mais cedo hoje nos bastidores do teatro, fazendo a meu amigo Burbage um convite, quase uma convocação, ao qual ele atendeu surpreso e intimidado diante de tua firmeza. Sim, minha cara, mesmo ele, um homem do mundo, experimentado no giro caprichoso da roda da fortuna, ficou surpreso em ver nos olhos de uma donzela tão jovem a força de uma Rainha notável. Uma Cleópatra, uma Teodora ou, por que não, no que diz respeito à força do temperamento, uma Elisabete, ressalvando, para não incorrer em desrespeito, que a castidade de nossa Rainha é pública e notória. Mas assim pensou ele, e eu também, escondido que estava atrás de umas poucas aparelhagens cenográficas que compõem o acervo de nossa companhia. Foi o interesse que tua força despertou em mim o motivo desta pequena brincadeira. Porém, agora tu me pareces uma meninazinha do interior, como eu mesmo conheci e tive o prazer de amar várias outras. Arrependidas no segundo em que terminam o ato carnal; oh, não que não tenham gostado, gostam e muito, como tu o fizeste hoje à noite. Mas é o método que aplicam para desanuviar suas consciências. É um reflexo, condicionado pelas beatices tradicionais, que as leva a culparem-se como Madalenas, cheias de remorso e contrição. O mundo está mudado, minha cara, a natureza não é mais o lugar da ordem, onde uma hierarquia universal rege todas as coisas sobre a Terra, ordenando em valores absolutos tudo o que é bom e tudo o que é mau. Ela é, isto sim, o espaço da desordem, onde todos lutamos para nos estabelecermos como indivíduos ativos, donos de nosso destino e capazes de conduzi-lo conforme desejos e objetivos delineados em nossa mente. Como está demonstrado nessa história que acabaste de me contar, no mundo de hoje, o bem pode esconder o mal e vice-versa ao contrário mil vezes. Cabe a nós, pautados em critérios muito amplos de bem e de mal, utilizando apenas valores básicos, mas não absolutos, tanto de um quanto de outro, sabermos relativizar a importância das aparências, do decoro social, do nome, da riqueza. Então o feitiço, ou o que tu chamas de feitiço, foi bom, resgatou-te de tua apatia? Excelente! Então na busca da tua felicidade deitaste com um desconhecido? Não te recrimines em vão! Tal ato não fará de ti uma prostituta, nem a sociedade se esfacelará por causa disso. Todo ser humano tem deveres e obrigações para com a sociedade, e é claro que queremos contribuir para a felicidade, a paz e o bem coletivo do reino. Mas é claro, também, que todos queremos ficar ricos, ter prazer e ser respeitados. Isso é natural, visto que apenas desta forma asseguramos espaço para que nossa personalidade desabroche e se desenvolva. Em meio a esse duplo movimento, ora de preocupação com o destino coletivo, ora de nutrificação da individualidade, o homem e a mulher são animais cheios de desejos e fraquezas, que devem ser perdoados e não recriminados. Devemos saber tirar proveito de nossos erros, e não proceder a uma sessão de autoflagelo ou de castigo inquisitorial. Os protestantes já são dados a essas asneiras, mas os puritanos e vós, católicos nostálgicos, ultrapassam todos os limites da sensatez. Por favor, deixa estas lágrimas de lado e vê este episódio como algo positivo, que trouxe de volta tua feminilidade. Se o maridinho é um cornudo e um pascácio, ele teve o que mereceu, pois, assim como os teus atos não são inteiramente pecaminosos, a ingenuidade e a generosidade dele não constituem gestos absolutamente bondosos e nobres. Eles podem denotar incompetência e fraqueza, o que me parece mais provável em teu esposo. Não deixes o tempo fugir com tua vida, aproveita as oportunidades que aparecerem e, quanto ao episódio de hoje à noite, esquece essa tolice de feitiços e ligamentos. Eu sei quando uma mulher está em pleno gozo de sua sensualidade e, te asseguro, é o teu caso. Seja lá o que te impedia de amar, acabou, e acabou não graças a Burbage ou a mim, ou mesmo graças ao brasão e ao Rei. Acabou porque tu quiseste que acabasse, porque lutaste para reconquistar tua felicidade. A vida é um palco, minha cara, e não adianta o Autor Supremo determinar as falas, se os atores não subirem nele e as pronunciarem em alto e bom som, com convicção e verossimilhança. Cristaliza teus objetivos em tua mente e luta por eles. Aproveita as oportunidades. Vive e sê feliz! Adeus!

Pasmem, como eu fiz, ao ter as palavras do velhaco reproduzidas por minha prima, pois sempre é doloroso constatar que não há limites para a degradação do espírito humano, conclusão incontestável após essa dissertação terrível e amoral. Eu, pessoalmente, não acredito que o mundo tenha mudado tanto. Ainda há valores cristalizados e insuperáveis. O pombo do espírito santo continua lá, branquinho, com seu olhar de bondade derramando-se em toda a humanidade cristã e, a despeito das palavras desse infiel, não esconde nenhum corvo peçonhento e medonho. O bem é o bem e o mal já de longe se vê o que é. Assim também acontece na sociedade, onde certos valores continuam inalterados, pois nobre é nobre, burguês é burguês, e povo é turba ignara, essa é que é a verdade. Mas numa coisa ele estava certo. Maria não deveria recriminar-se pelo que fizera. Seu gesto fora movido por desespero de causa, por necessidade, e jamais por lascívia ou sofreguidão carnal. Talvez esse argumento tenha surtido efeito em minha prima, que, como eu disse, já encontramos sossegada no quarto de cima.

Voltamos no dia seguinte para Shropshire. Todos menos Francisco, que, obedecendo a uma ordem de Maria, tomou um coche para Worcestershire, a fim de ajudar tio Fred na administração da fazenda e na proteção daquelas terras contra invasores que, segundo notícias recém-chegadas, estavam fundando um leprosário bem perto de nossa nascente fluvial.

Com o tempo, Maria se consolidou como sucessora da mãe na liderança da família, ainda mais decidida e bela que sua digníssima progenitora. Ela inclusive aproveitou a ausência de Francisco para requerer a renda anual que lhe vinha sendo negada pela sogra, uma quantia polpuda e nada desprezível, que o inepto não havia tido pulso para arrancar da mãe. Meses depois dos eventos na capital, confirmando o restabelecimento de sua fertilidade, Maria deu à luz um filho de pai incerto. Porém, tendo em vista a incompetência de seu marido, a criança bem podia ser do tal Shakespeare. Seja como for, ela foi reconhecida como um membro legítimo da família e nunca comunicamos seu nascimento a qualquer um dos teatristas envolvidos naquela noite bizarra. Entre mim e Maria surgiu então uma estreita amizade, que preencheu minha vida celibatária e sua solidão conjugal daí por diante, sempre numa atmosfera do mais alto respeito, criando raízes

profundas em nossos sentimentos. Às reuniões a portas fechadas de minha tia com o senhor Grymestone na biblioteca só se comparavam os passeios intermináveis que eu e Maria dávamos pelos gramados verdejantes e macios de nosso honorável condado. Nunca soubemos o autor do feitiço que desencadeara a transformação de minha

prima, mas ela terminou por esquecer completamente
o tema. Assim vivemos muito em paz, até chegar a notícia do imundo registro em forma de anedota feito por
João Manningham e da traição dos próceres do teatrelho
londrino. Pela amizade que lhe consagro e em nome da
justiça, fiz questão de explicar aqui os motivos de minha
prima, evidenciando a honradez e limpeza que
nunca se apagaram em seu coração.
Bendito seja o Senhor, no
ano da graça de 1602.

FIM

CONFISSÕES DE
Fabrius Moore

NOTA DO AUTOR

No embalo de *O Mistério do Leão Rampante*, produzi a continuação chamada *Confissões de Fabrius Moore*. É a história do filho bastardo do padre Moore com a empregada Sofia, concebido durante o primeiro livro. Este, quando jovem, ao se ver traído por aqueles que mais amava, decide se vingar da humanidade, espalhando todo tipo de sofrimento. Sua vida torna-se uma sucessão crescente de golpes, crimes e, durante a Revolução Inglesa, de massacres, até o arrependimento final, que o faz escrever as tais confissões. Publicar integralmente este segundo livro agora, com dez anos de atraso, seria contrariar o rumo natural das coisas. Preferi selecionar alguns trechos que, concatenados, dão uma boa idéia do conjunto.

Onfissão que narra minha vida, rica em chulices e desastres, levada incorrigivelmente à matroca, ou pior, onde falo dos apetites viciosos e tesões chibantes que consumiram minha juventude e dos crimes que me levaram a cometer. História de um possesso, escrita no ano do Senhor de 1685.

I

DOS ACONTECIMENTOS
NO CAGATÓRIO

O cagatório consistia num modesto assento de lenha velha, de formato oval e com uma abertura no centro, sobreposto a uma bacia de cerâmica vagabunda. Flatos furiosos espocavam na saletinha reservada, odores empesteavam o ambiente, pesados, lentos, como apenas quem os produziu poderia suportar ou, até mesmo, desfrutar, como era o caso. Moscas rodeavam a cabeça de Robert Bulshitson, sentidas apesar dos olhos fechados e da modorra imperiosa. Suas mãos, lentas e desajeitadas, iam em direção à parte do corpo onde as bichas pousavam, sem ameaçá-las efetivamente, num ataque desinteressado.

Robert entorpecia-se em devaneios de glória futura. Bloomburry não era uma vila importante, ainda, mas ele trabalhava para isto, convicta e determinadamente. Estava a um passo de ter recompensados os seus esforços. Os

— 113 —

estouros que detonava rumo à bacia de cerâmica soavam-lhe aos ouvidos como fogos de artifício num céu estrelado, coloridos e radiantes, disparados rumo às alturas em nome do engrandecimento da glória local. O chiado que sucedia às explosões parecia-lhe o vasto cicio da massa, aglomerada no largo central da Matriz, para admirar e louvar o êxito do líder, cujo nome entraria para a história da vila, da região e, quem sabe, no prosseguimento natural de seus méritos, de todo o reino.

Por enquanto, ser um rico fazendeiro em Bloomburry tinha tanto valor quanto as salsichas negras que seu corpo expelia e depositava no infecto receptáculo, com um som grosso e pastoso. Toda a região era atrasada. Bloomburry não dispunha de uma indústria sequer, fosse a de tecidos ou a do carvão; a mesmice nos costumes e a ignorância de seus moradores impediam até que divergências políticas ocorressem em seu meio, enquanto todo o reino fervia com a excitante acomodação da nova dinastia real.

Mas estavam inscritas no destino de Bob Bulshitson as marcas do sucesso, registradas em ofício, com selo de majestade. Graças a ele, novos espaços seriam conquistados, novas mercadorias, trazidas de fora, novas indústrias, implantadas, e o comércio finalmente seria abraçado como religião, seguido como profeta! Possuindo o faro autêntico para negócios, Bulshitson transformaria a vila em cidade, se transformaria em comerciante, depois em importador de mercadorias, então, quem sabe, em usurário, banqueiro, ou talvez membro do Parlamento. Num apogeu de glória, receberia a unção de cavalheiro, "Sir Robert Bulshitson"… Ao imaginar semelhante triunfo, suspirando de felicidade, ele abriu desapercebidamente um sorriso.

Algumas dores abdominais interromperam aquele orgulhoso instante. "Nada bom" – concluiu Robert, primeiro no canto de sua mente, depois abrindo os olhos e encarando seu ventre rebelde –, "uma extrema inconveniência". Todos os planos dependiam da cerimônia de recepção aos mercadores que estavam para chegar da capital, acontecimento previsto para dali a uma hora. Aquele o momento de capitalizar toda a glória. Um belo discurso de boas-vindas, algumas trocas públicas de elogios, e estaria ganho o dia, o futuro. Indispensável um Robert bem-disposto, de corpo satisfeito e regrado, com a mente habilitada às sutilezas da política.

Graças a um primo que morava na capital e aos custosos serviços de mensageiros, Robert estabelecera contato com estes mercadores a serviço da Coroa. Convidara-os a desviar seu caminho por alguns dias, de modo a que pudessem mostrar seus artigos prodigiosos na vila. Para a iluminação e o arejamento das mentes camponesas, sedas da China teriam mais eficácia que tratados de filosofia, manufaturas em metal alemãs poriam abaixo séculos de idéias arcaicas, roupas finas expulsariam dos corações a fidelidade primitiva a uma vida ausente. E o que não fariam as especiarias que adoçam, que salgam, apimentam, fortalecem os temperos, enriquecem os paladares? Isso tudo desembaçaria aquelas almas endurecidas pela ignorância e pobreza.

Impulsionado por tais pensamentos, no limiar da realização de seus desejos, Robert quis levantar. No entanto, seus joelhos mal se haviam desdobrado quando uma dor pareceu rasgá-lo por dentro, obrigando-o a cair de volta no assento de lenha, que chegou a ranger. Novo desabamento amontoou-se na vasilha. O rico fazendeiro passou a mão no ventre, gemeu e esperou. Minutos depois, acreditando numa recuperação, fez nova tentativa. Mas nova traição intestinal o vitimou, prostrando-o no encosto do cagatório, com gotas frias de suor já a lhe escorrerem pelas têmporas. Agulhas, de repente, brotavam-lhe nos miúdos. Bob Bulshitson suspirou e ergueu os olhos ao céu, como que pedindo socorro, ou uma explicação para aquele revés tão inesperado, sem sentido e injusto. Em seguida, debruçou-se sobre os joelhos, cruzando os braços junto à barriga dolorida.

Enquanto se lamentava e gemia baixinho, ouviu uma voz conhecida chamando seu nome. Respirou fundo, antevendo a inexorável simultaneidade dos problemas. Agora, as aporrinhações domésticas de Estela, sua jovem, excessivamente jovem, esposa.

— Robert?

O senhor da casa ouviu três leves batidas na porta. Irritado por antecipação, esticando as palavras de maneira agressiva, perguntou:

— O que tu queres?

— Desculpe incomodá-lo, meu senhor. Algo importante...

O tom do fazendeiro mudou subitamente, tornando-se agora mais acelerado e abertamente raivoso:

— Duvido que o seja. Tu não dedicas um minuto do teu dia, uma ínfima parte de teu cérebro, por mais estreita e estéril, a coisas importantes.

— Estas o são, de fato.

— Sei — disse ele, com desconfiança, emendando: — Importante para ti é andares pela casa de tuas amigas, aquelas perdidas, semeando fofocas pelas esquinas, maldizendo os outros e, conseqüência inevitável, ficando tu própria malfalada.

— Meu querido esposo, por favor...

— O quê?

— Boatos em cidade pequena...

— Ora, mulher, deixa-me em paz! Em fêmeas como tu não se pode confiar. Nelas não tem parte a razão, apenas humores débeis e corruptos.

— Meu senhor, o que fiz para provocar tamanha indisposição em seu espírito?

A pergunta da esposa fez o fazendeiro explodir:

– Ficar malfalada não basta? A mulher de um líder como eu! Olha aqui, Estela, o mau humor aguça nossa percepção das coisas... Entendes o que estou dizendo?

– São mesmo apenas os boatos a causa de sua fúria contra mim, querido esposo?

– Não, tem mais.

– Mais?

– Sim! Mais! Fui atacado por uma disenteria que nem a santa farmácia celeste poderia interromper, ardem-me as entranhas, e também disto a culpa é tua, que me serves refeições de aparência infecta e de duvidoso estado de conservação.

Estela agora pareceu surpresa. Logo, porém, recuperou o controle e se defendeu:

– Nunca tivestes motivos concretos para duvidar da fidelidade que vos dedico e muito menos da comida que te sirvo.

Bob, irritado com aquela conversa inútil, foi direto ao ponto:

– Chega de tomar meu tempo, mulher. O que vieste me dizer; diz logo e me deixa em paz!

– Trago recado de interesse.

– Nosso último interesse em comum foi a morte de teu pai, de olho que estávamos na herança.

– Robert!

— Deixa de te fazer de sonsa! Diz logo o que é! Mas será que nem no vaso posso ter paz?...

Estabeleceu-se um silêncio momentâneo. Então Estela continuou:

— Um enviado do Rei espera para vos falar. Diz ser importante.

Dentro do banheiro, Robert sentiu corcovearem indômitos os seus órgãos digestivos. Com um pressentimento sombrio, ele coçou a cabeça, franziu a testa e torceu a boca, contraindo todo o semblante num gesto de desagrado. Afagando a barriga na altura do umbigo, procurando apaziguar suas entranhas, o fazendeiro tentou levantar-se para receber o visitante, mas logo desabou ainda uma vez no cagatório, vítima de agudíssimas pontadas no ventre. As dores pioravam a cada instante. Instruiu então a esposa:

— Estela, diz que estou me preparando para a solenidade de recepção à caravana de mercadores; hoje é um dia ocupado por compromissos políticos. Diz, humildemente, que o procuro amanhã.

— Robert, ele disse que precisa vos falar hoje, ou melhor, agora.

— Não consigo nem me levantar, mulher, não vês? Estou preso a essa maldita latrina. Ajuda-me!

— Robert, vou fazê-lo entrar. Pode-se muito bem conversar através da porta. E, afinal, trata-se de um comissário da Coroa — disse tranqüilamente a senhora Bulshitson.

– Estela, não discute as minhas ordens! Estás louca? Onde já se viu receber um emissário da Coroa assim, de calças arriadas até o tornozelo, com esguichos disparando sem controle pela retaguarda e as tripas a produzir ruídos e odores infames? Eu tenho uma reputação. Só mesmo a idéia fraca de uma mulher poderia conceber semelhante absurdo! Obedece-me!

Não houve resposta do outro lado da porta, o que fez Robert perceber que estivera falando sozinho nos últimos instantes. Estela já fora buscar o indesejado visitante. Não demorou até que Robert ouvisse o ruído crescente de passos no corredor.

Um pigarro masculino prenunciou a conversa:

– Respeitável e honroso sr. Robert Bulshitson, eu presumo – disse uma voz que afetava a típica formalidade dos burocratas, e cuja gravidade era acentuada pelas constrangedoras circunstâncias em que ocorria a entrevista.

– O próprio, e vós? – perguntou Robert, num tom severo que escondia seus receios e sua expectativa quanto à origem daquela inesperada visita, mas não evitava a redobrada ação do misterioso descontrole intestinal, com seus roncos, estalos e pontadas.

– Meu nome é Estêvão Longcock. Venho como representante do Rei para assuntos militares e sanitários nessa região.

Bob insistiu em sua estratégia defensiva:

— Muito me surpreende que um homem de vossa posição, provavelmente educado na Corte e portador dos mais requintados preceitos de etiqueta, tome a iniciativa de impor vossa presença na casa de um estranho, que evidentemente não está em condições de receber-vos com o devido decoro.

— Caro senhor Bulshitson, meu assunto deve ser resolvido no mínimo de tempo. Minha presença aqui, antes de ser entendida como uma intromissão, uma imposição da autoridade maior que represento, é sinal de meu respeito pela posição que ocupais em vossa comunidade e de minha solidariedade pelos transtornos fatalmente provocados pelas notícias de que sou portador. Porém, maiores do que os vossos interesses são os graves infortúnios que ameaçam Bloomburry, e, claro, as responsabilidades de Sua Alteza em relação aos súditos destas paragens.

Um silêncio baixou no ar ao final daquelas palavras. O emissário real fizera bem a sua parte, dando a cada palavra o necessário peso, deixando evidente que esperava de Robert a garantia de obediência a sua determinação. Este, por sua vez, adivinhara que alguma coisa, algum acontecimento inesperado, ameaçava a realização da feira. Cólicas agudas revolveram seus intestinos, que expeliram em seguida nova batelada de frutos asquerosos. Ele gemeu e acariciou a barriga. Tentou, ainda assim, ganhar tempo:

– Digníssimo emissário, a autoridade real é de fato irmã gêmea das leis de Deus, mas ao contrário dos mandamentos divinos, que ocupam os corações graças a sua imaterial onipresença, as leis dos homens e seus executores devem apresentar concreta legitimidade. Vossa Excelência há de ter em mãos o documento de investidura na condição de mensageiro real. Haveis de compreender, isso não implica qualquer desconfiança de minha parte...

A resposta não tardou, e veio firme:

– Prezado senhor, bastaria-vos ter a mim e a minha escolta diante dos olhos para constatar a autenticidade do poder de que estou investido. Veríeis minha capa, bordada com o brasão real, assim como as flâmulas que decoram as trombetas de meus arautos; perceberíeis meus ares cavalheirescos, além da infinidade de adereços correspondentes a minha posição. Infelizmente, nem eu nem o Rei poderíamos imaginar a condição em que agora vos encontro e, portanto, não se julgou necessária a redação de qualquer documento escrito. Além do mais, não estou engajado em missão extraordinária a meus afazeres cotidianos, quando então a feitura de tais documentos é indispensável, mas sim em operação de rotina, que, apesar de sua gravidade, dispensa a renovação do mandato a mim conferido.

– Bem, neste caso, e considerando a enfermidade que me prende onde estou, vejo-me impossibilitado de atestar a origem fiel de vossas prerrogativas. Maior serviço ao Rei não posso por enquanto realizar do que resistir a um eventual exercício não fundamentado de sua autoridade. Rogo-vos que aguardeis até que eu possa fazer tal comprovação pessoalmente.

— Infelizmente isto não será possível. E o porquê é que me traz aqui: um grupo de portadores da peste, que há meses saqueia e apavora o interior do reino, foi visto perambulando nas imediações de Bloomburry. Estes homens, além de criminosos, espalham sua moléstia e exibem suas chagas propositalmente, levados por determinações religiosas heréticas, cujo fanatismo tem logrado derrotar meus antecessores na tarefa de prendê-los e reencaminhá-los à colônia de infectados mais próxima. Medidas de enorme gravidade e urgência precisam ser tomadas para evitar uma contaminação generalizada entre os habitantes desta vila. O expediente comum, nestas circunstâncias, como deveis saber, é interditar qualquer aglomeração e isso inclui, digo-o com tristeza, acreditai-me, a feira que hoje seria montada nesta vila.

— O quê? — trovejou Robert, novamente tentando se levantar e novamente sucumbindo ao ataque de seus revoltosos intestinos. — Vossa Excelência, com todo o respeito! O futuro de nossa comunidade depende desta feira. Que matem os tais infelizes leprosos, que os esfolem, que os expulsem destas cercanias, que toda a população lancese contra eles, qualquer coisa do gênero, mas pelo amor de Deus… Quem sentirá falta de empestados horrendos e disformes? Que muita porrada acelere os efeitos da doença e transforme-os em patê!

— Infelizmente, medida tão simples não resolveria este caso. O combate aos desgraçados não pode ser feito com base em tais procedimentos, pois qualquer contato físico é suficiente para a contaminação — ponderou friamente o emissário.

— Arco e flecha! Bestas! Catapultas! Alvejemos os malditos de longe, em silêncio, com limpeza, sem problemas.

— Qualquer violência contra os infectados pela peste está fora de cogitação. Até porque a mera eliminação de suas vidas não bastaria para a segurança da população. Vós deveis levar em conta o perigo que um enterro coletivo de corpos chaguentos e apodrecidos acarretaria. O próprio ar que respiramos poderia ser contaminado. Peço-vos que reflitais ajuizadamente e não no calor da revolta, pois de nada adianta negar a força do destino. Os prejuízos causados por uma epidemia da peste são infinitamente maiores do que os eventuais benefícios de uma feira de comerciantes. Quem já viu pode dizer, e eu estava em Londres quando a mão da pestilência desceu, áspera e imunda, sobre nossa capital. Nada apagará o terrível espetáculo das pilhas de ossos que se amontoavam pelas ruas desertas, do vasto silêncio pesando no ar, dos corpos sem vida, com suas narinas asquerosas cobertas de capim, de modo a impedir que, ainda do outro lado da existência, os cadáveres prosseguissem contaminando o ambiente. Naqueles dias tenebrosos, os animais do diabo assolavam a cidade. Sapos coaxavam oleosos, corvos negros feito o rosto da morte crocitavam pelos ares, acompanhados pelas corujas e pela música macabra das almas, que se debatiam ao abandonarem suas moradias de carne e sangue, partindo rumo ao além. A peste, meu caro, é um fogo impiedoso que nos queima por dentro. As covas se transformam em bocas abertas, esperando ansiosas para nos engolir e nos forçar à odiosa confraternização com os vermes. A feira não pode se realizar.

As palavras do emissário atuaram no debilitado fazendeiro. Um fenômeno dessa natureza poderia, efetivamente, inviabilizar qualquer chance de Bloomburry algum dia gozar de melhor reputação junto aos centros comerciais do reino. Então, na alma do azarado pretendente ao título de capitalista, a ambição e o desapontamento iniciaram um doloroso combate. Semelhante divisão no espírito não poderia deixar de agravar suas inquietudes digestivas, o que logo se fez sentir com novo despejo seguido de doridas contorções dos miúdos. Acariciando a barriga com sofrimento, o fazendeiro manifestou sua inquietude:

— Mas o que direi aos comerciantes? Como cancelar nosso acordo sem desonrar o nome de Bloomburry, ou ainda mais grave, sem ter que indenizá-los pelos custos da viagem até aqui? Bem podeis calcular, Vossa Excelência, que a vila, em seu presente estágio de desenvolvimento, não justificaria a presença de caravana tão grandiosa. Não constava em seu roteiro original e, por conseguinte, se não deixarmos que vendam suas mercadorias, teremos — ou melhor, terei eu, responsável por sua vinda — que proceder ao reembolso dos custos que tiveram com este desvio. Isto poderá arruinar meus já depauperados cofres.

— Tal problema não cabe à Coroa resolver. A vós, realmente, na condição de artífice e mola mestra do empreendimento, caberá a obrigação de ressarci-los. Com o gesto, entretanto, o nome da vila e o vosso próprio não serão apenas salvos, mas ganharão fama por todo o território e por toda a classe comercial, como símbolo de honestidade e do cumprimento dos acordos.

Novo silêncio se fez, pontuado apenas por alguns gemidos, que o emissário julgou ouvir de dentro do banheiro. Era Robert contorcendo-se em cólicas, agora mais agudas do que nunca, diante da certeza de que seu grande projeto redundava num brutal prejuízo.

Após a crise e nova descarga na vasilha já transbordante, Robert enxugou o suor da testa e sinalizou a rendição. Findo o debate que tivera lugar dentro de si, fisicamente debilitado ao extremo, cuidou de conformar-se com a sorte. No futuro, talvez...

— O que Vossa Excelência sugere que eu faça?

— Estive com os mercadores. Eles me levaram a supor uma certa quantia pela qual dariam meia-volta e seguiriam viagem, sem reclamações.

— E...? — perguntou Robert, incapaz, àquela altura, sequer de raciocinar.

— E então é preciso que Vossa Excelência entregue-me já uma carta bancária, de um banco reconhecido, dando-lhes garantia de que seus prejuízos serão ressarcidos. Pedi a vossa esposa que preparasse a dita carta, usando um modelo que trouxe comigo. Agora cabe a Vossa Excelência autenticá-la com vossa assinatura e vosso brasão, e isto só é possível com vossa própria mão e vosso lacre.

— Passai-me a dita carta... — gemeu Robert, moribundo.

O emissário real derreteu a cera no documento e passou-o pela fresta da porta. Estreita que fosse, era porém suficiente para que envelopes entrassem, e gases saíssem.

Robert assinou, apoiando o documento em suas coxas suarentas e brancas. Com a força que a ruína física lhe permitia, apertou seu anel brasonado contra a cera quente no papel, devolvendo-o em seguida por debaixo da porta do cagatório.

Após as despedidas, o emissário foi em direção à sala onde Estela o aguardava. Lá encontrando a senhora Bulshitson, pôs os braços à volta de seu corpo viçoso e carnudo, pespegou-lhe acalorados beijos franceses, palmeou suas nádegas com tranqüilidade, cravando os dedos em volta de cada um dos rechonchudos glúteos da submissa dona da casa. Risonho e excitado, o emissário perguntou-lhe o que havia posto na comida do marido na noite anterior, para levar o pobre homem à situação desesperada na qual se encontrava. "É uma receita de família", ela respondeu, por um instante abrindo uma fresta de sua alma cigana, beijando-o novamente e apertando os seios contra ele. Agora, cabia ao mensageiro disparar até Londres, descontar a carta bancária antes que Robert, dando-se conta do golpe, desfizesse a chance do ganho.

— Quando chegas para me buscar, meu amor? — sussurrou a apaixonada, ao que o emissário respondeu:

— Breve, muito breve — falou, novamente palmeando as nádegas da dona da casa e beijando-a com força.

O emissário, mal é preciso dizer, era eu, Fabrius Moore, autor dessas confissões e alma arrependida. Robert Bulshitson que realizasse a feira à chegada dos mercadores. Seu sucesso não me incomodava, desde que comigo dividisse a fortuna. Com aquele dinheiro, eu, um pé-rapado, golpista ardiloso e desgraçadamente hábil com as mulheres, parti para sempre daquele fim de mundo. Tornei-me outra pessoa, ainda pior.

Ainda lembro da euforia quando montei o cavalo, meu coração chacoalhando no interior das costelas. Enquanto deixava Bloomburry, acenei efusivamente para a

bela cona que nunca mais iria revisitar. Ao perdê-la de
vista, sumiu também do meu coração. Então galopei,
galopei para longe, para a capital, para a aventura,
exalando os fumos da trapaça e dando
gargalhadas que ecoaram
pela estrada.

II

UMA BATALHA NAVAL

Meu navio é o Cão Turbulento. Eu, o Cão. Desconto na humanidade todo meu ódio e rancor, filhos da lascívia e devassidão anteriores, que vicejaram dentro de mim como botões do pântano, florescências odiosas de um caule pútrido, que rejeitavam e inibiam meus fluidos sãos, ou quem sabe corrompia-os, nutrindo-se unicamente da bestial seiva, proveniente de meus pensamentos de vingança, de contumélia irrestrita, de despeito rancoroso e negregado.

Certo dia, numa tarde de navegação pacífica na costa noroeste, foi-me anunciada a existência de um pequeno navio a poucas horas de distância. Perguntei a meu imediato se a vítima era promissora.

— Não parece de maior vulto, capitão. Porém, seu comportamento é peculiar. Embora seja impossível que lhe tenhamos passado despercebidos, não há qualquer sinal de que esteja acelerando ou fugindo, como seria de esperar, tendo em vista seu renome e sua temida bandeira.

– Talvez não porte riqueza merecedora de cuidado…

– Nem a vida dos tripulantes, senhor?

Olhei-o intrigado. Achei por bem verificar. De minha proa constatei na embarcação, é fato, curiosa atitude. Parecia uma canhoneira modesta, um reles navio de vigília, de pequena envergadura com três mastros simplórios. Contudo, não apresentava qualquer canhão, tanto no convés superior quanto nas aberturas da borda-livre. Nenhuma bandeira o identificava e, por seu porte acanhado, nenhum corsário companheiro de trabalho o teria por condução ou vaso de guerra. E, no entanto, não fugia de nós.

Decidi largar a meio-pano, dando caça distante à embarcação. Aguardaria sua réplica, quando nos tivesse colados em seu rastro.

Ao cabo de hora e meia, com meus homens já preparados para um eventual combate, enfim ocupamos o mesmo quintal de água. Não provocando nossa vizinhança qualquer reação da estranha nau, entendi tal sossego como um desafio tácito. Meus comandados olharam-me ansiosos por um sinal de canhoneio. De fato, estávamos a poucas dezenas de braças do combate. O dia era belo, uma brisa fresca batia e o mar estava de jeito…

Os bota-fogos de três de nossos vinte canhões foram acesos. Logo ouviu-se o estrondo das bocas de ferro.

O primeiro tiro errou o alvo, mas o segundo, perfazendo um arco no céu, atingiu de raspão um dos mastaréus inimigos, rebentando a sua pega. O último disparo perfurou a vela de seu traquete.

Cumprimentei com um berro poderoso os atiradores. Mas incomodou-me o arrojo das evoluções marítimas a partir de então executadas pela nau desconhecida. Ela avançava rasgando as ondas em cortes agudos, de um lado a outro.

Detendo meu olhar na popa adversária, reparei, no alto do segundo pavimento, que alguns homens encastelavam-se junto ao contorno da amurada. Um deles, mais à frente, e que por isso deduzi ser o capitão, olhava-nos e acompanhava nossos gestos por meio de uma luneta de mão.

As belas manobras executadas pelo navio e a calma astuciosa de seu oficial superior aumentaram meu apetite para o jogo marcial. Com novo sinal de braço, ordenei segunda carga, com cinco tiros. Estes, porém, desbarataram-se inutilmente à flor da água, desencontrados graças à rapidez da nau inimiga.

Disparei então o fogo máximo que havíamos postado naquela direção, e novamente a dança covarde da embarcação iludiu meu chumbo. Desguiando-se com arrojo, e assim evitando o combate direto, a temerária gastava minha munição e almejava desinteressar-me do desafio.

— 133 —

Meus homens gritavam palavras de guerra do alto dos cordames, com lâminas entre os dentes e olhos de sangue. Alguns, encarapitados nos mastaréus, trincavam os punhos; outros afiavam suas espadas no convés, ou deitavam pólvora aos arcabuzes, pistolas e bacamartes.

Quando o meu quarto canhoneio novamente redundou em fiasco, mergulhando por inteiro na líquida superfície, decidi içar todas as velas, obtendo o máximo impulso e alcançando o emparelhamento. Os nós do cordame registraram a velocidade crescente e, acima de nossas cabeças, vimos as lonas estufando-se. Um espírito homicida tomara conta de nós. Gritos vinham de todos os lados, o cheiro de morte baixava do céu e nossa proa já alcançava a metade do bordo direito inimigo. E quando saboreávamos de antemão o massacre por vir, um golpe do timão guinou a bombordo, drasticamente, a nau traiçoeira.

O sentido de tal manobra, por um instante, nos escapou. Estupefatos com sua destreza, assistimos impotentes a nossos adversários, e ainda assim estávamos quando, segundo golpe!, removeram uma borda falsa da amurada, descobrindo pelo menos quinze escotilhas. Atrás de cada farpa daquele casco traiçoeiro surgiram enormes bocas redondas, largas e escuras como poços. Ouviu-se um estrondo e um clarão cegou minha tripulação.

Nosso mastro da popa rompeu, imediatamente alvejado, rebentando na descida seus guardins, ovéns e enxárcias, além dos corpos que com ele desabaram. Enquanto meus comandados protegiam-se no convés, atarantados como formigas descobertas sob uma pedra, eu chispava de ódio por entre eles, dirigindo-me à retaguarda. Lá realizei que éramos nós os perseguidos agora. Nossa contendora fizera meia-volta, numa letal coreografia, e repetia contra nós, melhor sucedida, a manobra com a qual tentáramos destruí-la.

Dando ordens para que bordejássemos em quinas, como a canhoneira havia operado, plagiei a plagiadora. Aplicávamos sucessivamente os mesmos golpes um no outro. No entanto, a destruição de um dos mastros havia comprometido a mobilidade do Cão Turbulento, e ele desguiava dos elementos mortíferos nem com a mesma rapidez nem com a mesma precisão de sua agressora. Esta chegava cada vez mais perto, e podíamos ouvir-lhe a tripulação cantando uma vitória quase certa. Novos disparos caíram sobre meu navio, atingindo-o no tombadilho e no bordo esquerdo.

Ordenei uma canhonada e acionei duas armas giratórias, que por sorte permaneciam intactas e inatingidas pela queda do mastro da popa. Nem isso retardou a aproximação dos insolentes. Fomos novamente alvejados, agora em nosso mastro real, estilhaçado num instante. O grosso velame esgarçou-se na queda. Estávamos paralisados sobre as águas.

Eu fora iludido, pela primeira vez em todo o meu curso na pirataria, e por embarcação menor que a minha. Sofreríamos abordagem desonrosa. Porém, questões de honra afora, era até bom que ela não tardasse. Só o combate corpo-a-corpo poderia reverter a sorte da batalha. Logo os dois cascos se chocaram e, entre urros, tiros e golpes de espada, duas ondas humanas se fundiram.

De minha parte, incendiei-me com o entusiasmo de um novato. É o pirata um animal que se alimenta de ódio, cujo fogo nem toda a água do oceano pode apagar. Nada supera uma tripulação corsária no combate direto. Decapitamos, amputamos, mutilamos, degolamos, castramos, estropiamos, decepamos e achatamos.

Ao final de pouco mais de uma hora, quando as espadas e os tiros calaram, cento e muitos homens encontravam-se mortos, estirados sobre o assoalho vermelho e viscoso, pendurados nos cordames ou emborcados nas amuradas. Respirei fundo e vi, mais cheio de orgulho que o próprio oceano, meus homens amarrando alguns poucos prisioneiros sobreviventes aos gradis do convés e ao mastro central da canhoneira.

Estava encerrada a batalha.

III

CABEÇAS REDONDAS

Então a Guerra Civil, que há dois anos assolava a Inglaterra, chegou-me aos ouvidos. Bem como o despotismo do Stuart Carlos I, que fechara o Parlamento, sua política de aproximação com a Espanha, reino católico e ancestral inimigo da nossa fé Tudor, anglicana, e sua má administração financeira...

Soube também como teve início a reação dos agricultores poderosos e dos comerciantes do interior, depois endossada pelos pequenos agricultores e pelos comerciantes da capital. Tomei conhecimento da Grande Reprimenda, publicada pelos deputados, na qual vinham em lista os desmandos do Stuart e sua Câmara Estrelada, o selvagem setor judiciário do Conselho Real. Diante de tudo isto, a tomada das armas por parte dos contingentes militares puritanos, sob a liderança do deputado Olivério Cromwell, era uma conseqüência natural. Vim a descobrir que foi ele, com os seus Cabeças Redondas, assim chamados por rasparem inteiramente os cabelos, que eu vira no convés dos navios com quem esbarráramos meses atrás. Ouvi falar também dos Costelas de Ferro, a poderosa cavalaria de Cromwell, que vinha desequilibrando os combates. Nesta ocasião, numa pequena gravura, vi pela primeira vez o rosto do líder revolucionário.

Estávamos em julho de 1644, portanto dezenove anos após meu ingresso na pirataria. E eu soube ainda mais: uma grande batalha tivera lugar perto de York, o que explicava o intenso tráfego marítimo que quase nos havia pego desprevenidos. Na dita batalha, chamada de Marston Moor, uma séria derrota fora infligida às tropas realistas. Interessei-me por saber onde era esperado o próximo combate, pois a segurança de meus homens, minha e de meu navio, exigia que estivéssemos em ponto muito distante no mapa quando rebentasse. Segundo fui informado, Naseby seria o local, cidade um pouco ao sul de Nottingham.

Um navio pirata é invencível em combate simples, pois seus homens nada têm a perder, sem casa, mulher e família esperando-os, sem vínculos que enfraqueçam sua feroz determinação. Mas quando se trata de uma guerra, com o exército da Inglaterra do lado revolucionário, os escoceses e os irlandeses aliados do Rei de outro — e os corações envenenados por ódios religiosos, radicais projetos políticos e comerciais —, não havia lugar para um combatente isolado como o Cão Turbulento.

Mas, pelo que ouvi no vilarejo da ilha de Man, não pude deixar de admirar a Olivério Cromwell, homem corajoso e firme. No mundo em que eu vivia, contudo, inclusive entre os meus homens, a sensação geral era a de que os puritanos representavam uma ameaça a nossas atividades, visto serem moralmente muito rigorosos na administração, muito eficientes nas artes militares e fanáticos no campo religioso. Não me interessava expor minha autoridade, e achei por bem guardar segredo de tais admirações.

Não deixei, entretanto, por anos a fio, nos intervalos entre uma aventura e outra, de acompanhar a Guerra Civil, mantendo-me informado por meio de relatos eventuais, que arrancava dos prisioneiros pouco antes de empurrá-los para a morte prancha adiante, ou que recebia em estalagens das quais os fora-da-lei fazem pontos de encontro. Em pensamentos, comemorei a vitória esmagadora de Cromwell em Naseby, a fuga do Rei para a Escócia e a subseqüente entrega do pobre Monarca a seu inimigo, o Parlamento. Silenciosamente, torci na disputa interna entre os revolucionários da facção puritana exacerbada, de Cromwell, e a dos moderados, que se contentavam em restringir as prerrogativas do Rei, sem entretanto extinguir a Monarquia. Secretamente aplaudi a vitória do radicalismo.

Durante os momentos de privacidade em minha cabine, ou nos intervalos de reflexão junto à amurada, contemplando o pôr-do-sol em águas tranqüilas, eu sonhava com grandes batalhas, com a multiplicação do número de mortos na lista de meus crimes, com as delícias dos assassínios fanáticos, com a imponência das destruições meticulosamente planejadas e executadas, tudo isto em amplitude muito superior ao que me era oferecido na pirataria. Imaginava-me em Marston Moor, degolando milhares, banhado em sangue até os joelhos, envolto pela névoa densa que sempre baixa ao final dos combates, rangendo meus dentes e evocando com minha espada mais carne para cortar.

Hoje parece-me uma ironia de Nosso Senhor, mas, realmente, o que me atraía em Cromwell era a capacidade que tinha de erguer, por onde passava, verdadeiros monumentos à morte e à destruição. Os ataques do Cão Turbulento pareceram-me então pouco mais que aperitivos diante de carências maiores, que em mim permaneciam insatisfeitas. Resignava-me, porém, hesitando em abandonar um negócio não apenas muito lucrativo, mas que me trouxera prestígio em vários portos e reconhecimento junto aos de minha atividade. Como saqueador sanguinário, eu ocupava uma posição a seu modo importante, e isto não é coisa que se largue de uma hora para outra, principalmente se a opção oferecida é tornar-se um soldado anônimo – sem brilho próprio ou qualquer outra forma de destaque – no exército de outro homem.

Mas nada preparou-me para o arrojo supremo de Olivério Cromwell:

– Matar um Rei!

A quantas mortes tal gesto equivaleria? Centenas? Milhares? Seria como desgraçar todas as almas da Inglaterra num só pecado, comprometer o futuro do reino numa única, porém retumbante degola. Despedaçar com um só crime a ordem natural do mundo, ditada por Deus e pelas forças da natureza, sem a qual um redemoinho de desgraças fatalmente nos tragaria, pois não apenas monarquistas matariam republicanos, mas pais sacrificariam filhos, maridos trucidariam mulheres, irmãos aniquilariam irmãos, vizinhos combateriam sem trégua. Quando a lâmina fria do machado rompesse os tecidos delicados do real pescoço, quando rebentasse a junção entre o esqueleto e a caveira, respingando o sangue quente e azul no rosto dos espectadores mais afoitos e mais próximos ao cadafalso, o líquido sagrado escorreria pelos tapumes, alcançando o chão do pátio, encharcando as solas das botas dos regimentos perfilados, insinuando-se pelas fendas do lajedo, entranhando-se naquele ambiente como uma indelével recordação do horror, e dali se espalharia em fama por todas as ilhas, chegando enfim ao continente, repercutindo como um grito na mais escura das noites, após o qual um enorme silêncio se instalaria, avassalador, mais assustador que o próprio grito. Então a imobilidade dos vapores noturnos congelaria os humores, as espingardas engatilhadas constatariam sua vã existência, as espadas desembainhadas perceberiam a inutilidade de seus gumes, e todas as prevenções dos homens contra sua própria barbárie, eternamente a ser contida na espécie, seriam eliminadas com um simples golpe de machado, e qual cavaleiros sem montaria no campo de batalha, arqueiros sem flechas em seus estojos, soldados sem escudos, todos se lançariam de mãos nuas na mais cruenta luta corporal, generalizada e mais sangrenta que a Guerra Civil, e tudo sem motivo político ou religioso, em nome apenas da mais irracional selvageria.

Meu retrospecto de crimes empalidecia diante daquele golpe supremo. Minha desejada putrefação espiritual ganharia novo impulso se apenas presenciasse tal execução, que dirá se, por meio de algum estratagema, eu me conseguisse infiltrar nos exércitos do bruxo sanguinário que arrebatara os espíritos mais ferozes da raça inglesa. Olivério Cromwell, este nome alcançava galerias antes inexploradas de meu brutal coração. Após quase vinte anos de pirataria, percebi que chegara o momento de transcender minha própria fama. Já não me bastava uma tripulação composta de assaltantes de feira, de ladrões de galinhas, quando comparados à dimensão dos crimes do exército puritano. Fui à luta.

IV

COSTELA DE FERRO

Logo que me vi sozinho, examinei as vestimentas e as partes desconectadas da armadura negra. Tratei de preparar-me para os exercícios a serem realizados dali a instantes, oportunidade na qual o sargento faria a apresentação do novo cavaleiro ao quinto regimento da tropa de elite do exército de Cromwell. Um batalhão remunerado não pelos cofres do Estado revolucionário, mas sim graças à despesa particular de seu líder. Um batalhão pessoal, integrado por fanáticos religiosos que obedeciam cegamente às mais pavorosas instruções: os Costelas de Ferro.

Despojei-me de meus trapos convencionais. Nu, diante do espelho, raspei os cabelos conforme exigia o figurino puritano. Eu antegozava o que teria oportunidade de desfrutar. Enquanto vestia o brial, de algodão bem limpo, imaculado como as almas crentes e fanáticas, vislumbrei mentalmente o rosto do poderoso Olivério.

Ao vestir a cota de malha, estremeceu-me um calafrio, como se num lampejo fossem anunciadas as calamidades que me aguardavam. Cobri minhas partes de vergonha com ceroulas e, sobre elas, com as escarcelas, as quais atei aos coxotes, e estes liguei às joelheiras, por sua vez emendadas às caneleiras. Neste meio tempo, o tremor interno deu lugar a uma euforia, uma excitação profunda, uma ânsia. Então, enfiando o pescoço através da abertura na couraça, cobrindo meu tórax e minhas costas com uma chapa de metal grossa e da cor da morte, senti-me inexpugnável. Senti-me integrado ao universo. Experimentei, aquele dia, no alojamento vazio, uma profunda sensação de imortalidade, mais forte do que em tantos combates e refregas quantos os que tivera até então. Senti-me exatamente como os homens-de-guerra do passado, combatentes por vocação, soldados antes de qualquer outra coisa, únicos sabedores da verdade definitiva, qual seja, de que a guerra é a mais nobre atividade do homem neste mundo. É a força civilizatória por trás dos muitos avanços das artes, da filosofia, e do espírito humano. Graças ao plano cósmico, superior a tudo, meu passageiro coração cheio de ódio encontrou no mundo eterno a sua volta a violência de uma Guerra Civil. À instância ilimitada no tempo, a História, eu me prenderia com a garra puritana. Mal me contendo, pus as ombreiras, as botas e as manoplas, afivelei a tiracolo o boldrié que eu costumava usar, embora seu couro surrado e pardacento destoasse do brilho noturno da armadura. Nele embainhei minha espada preferida.

E as lágrimas me abençoaram, escorrendo rápidas pelo rosto que a navalha deixara mais liso...

Foi sentindo-me um filho do Apocalipse, verdadeira máquina de morte, o exército de um homem só, mas ao mesmo tempo com a força de muitos, que saí do pavilhão-dormitório aquele dia. No dia seguinte, presenciei a degola de Sua Majestade, o Rei Carlos I.

★

ACOSTUMEI-ME sem maiores dificuldades à vida entre a elite militar puritana. Acordava muito cedo para os exercícios, verdade seja dita, e a comida era indescritivelmente ruim, pois, segundo reza uma antiga lenda, que descende dos romanos, quanto pior o alimento da soldadiça, maior ferocidade demonstrará o exército. Com tudo isso, porém, severa como a rotina de bucaneiro jamais experimentei outra.

Nós, costelas de ferro, soldados e cavaleiros, não participávamos, como faziam os de mais rasas patentes, dos esforços de conservação das instalações militares onde pousávamos. Assim, escapando da influência aborrecedora de estopas e vassouras, mantínhamo-nos afastados de zonas pouco atraentes, como latrinas e enfermarias. Gozávamos de prestígio, e nossa fama corria o mundo, sobretudo após a morte do Stuart coroado. O maior inconveniente em ser um costela de ferro, sendo eu quem era na época, estava nas sessões de oração obrigatórias. Eram longas e inumeráveis, ainda mais para alguém como eu, que havia muito não botava os pés numa igreja, ou que ao menos não o fazia com intuitos beatíficos, mas sim para saquear relicários e tesouros, encurralar padres, coagir populações refugiadas, entre muitos outros pecados. Eu, supremo arrogante, dispensava a justificativa religiosa para a guerra entre irmãos. Seguia a apenas um homem, o maior gênio político e militar de meu tempo. Para mim, Cromwell fazia da violência uma força do destino, reconhecidamente indispensável ao avanço da sociedade, ao futuro da Inglaterra. Era um estadista do ódio, um filósofo do mal.

Não obstante, ambientado à vida sem regras da pirataria, impressionava-me que homens ajustados e treinados para a guerra, cuja reputação extraíam da fortaleza do próprio braço, passassem horas e horas em pose de carolas, murmurando em latim, gastando os intervalos entre as batalhas com crucifixos, citações bíblicas e exemplos canônicos; ocupações que suas mãos e bocas – antes ocupadas com lanças, espadas e escudos, blasfêmias, urros beligerantes e toques ensurdecedores de carga – observavam com idêntica severidade. Santos armados. Eu repetia ladainhas e rezas, como todos, mas sem realizar o poder de salvação de Deus Nosso Senhor. Minhas palavras subiam alto, meus pensamentos permaneciam rastejantes.

Finalmente chegou a oportunidade de viver o primeiro grande desafio militar sob as ordens de Cromwell. Tratava-se de uma campanha rumo à Irlanda, nação vizinha porém pouco amistosa para com o governo revolucionário. Tal inimizade explicava-se pelo fato de ter sido a Irlanda uma auxiliadora contumaz do Rei degolado, a quem servira como local para a arregimentação de tropas. Além disso, lá se dera a coroação, em exílio, de um novo Stuart, Carlos II. E mais: era povo católico em sua maioria, o que a mim pouca diferença implicava, levada em conta a orfandade de minha alma, mas fomentava ódio cego nos puritanos do exército de Cromwell e no regimento montado dos costelas de ferro. Para culminar, a morte daquele Rei, antes desprezado pelas demais cabeças coroadas do Continente, nelas despertara uma perigosa onda de solidariedade, à qual logo seguiram-se boatos de invasões estrangeiras, que covardemente escolheriam a porta dos fundos irlandesa para atingir o reino inglês.

Havia ainda uma última e menos confessável justificativa para a mórbida excursão. Por mais pio que seja, um exército é feito para guerrear, e a inatividade que se ia prolongando ocasionava atritos irreprimíveis, não apenas em meio às tropas e seus generais, mas também destes com o Parlamento, que se negava a pagar os soldos aos combatentes e as indenizações devidas às famílias dos mortos e aos inutilizados por ferimentos. Cromwell, por sua vez, cujo radicalismo fora o principal responsável pelo fim da Monarquia, via sua hegemonia política interna ameaçada pela repercussão externa de seu ato, e pretendia com a excursão à Irlanda fortalecer sua liderança. No discurso que fez diante de seus regimentos no dia de nossa partida, deixou claro que não bastava dispensar aos irlandeses um tratamento eficiente e vitorioso, era necessário que tal ação fosse veloz e certeira, de forma a não nos demorarmos longe do centro político do reino.

Embarcamos em agosto de 1649, sete meses depois de minha chegada a Londres, de minha entrada no regimento e da mutilação do pescoço real. Contava eu já quarenta e sete anos. Sob um céu enevoado, que gotejava sobre nós uma chuva fina e melancólica, eu sentia ferverem-me os humores.

O primeiro alvo de nossa campanha seria a guarnição aquartelada em Drogheda, que embora composta por três mil homens bem treinados e armados, segundo as informações obtidas, levava ampla desvantagem diante de nosso contingente de doze mil soldados.

Relatar massacres é uma desnecessidade. Todos temos em nossas mentes imagens, pouco importa se presenciadas ou nascidas da fantasia, que nos ofertam idéia bastante próxima do que vêm a ser realmente. E, meramente imaginadas ou não, tais visões são invariavelmente desagradáveis à alma. A educação moral, entretanto, nem sempre é uma fé suave de pregar. E como o intuito desta confissão não é ser prazerosa, mas sim instrutiva, ao massacre de Drogheda.

Tal cidade fica próxima à costa nordeste da Irlanda, razoavelmente próxima a Dublin, mas afastada dos poucos e acanhados distritos de população majoritariamente protestante. Após nosso desembarque, não demoramos a sitiá-la, arriscando em seguida expedições a suas ruelas úmidas e estreitas. As forças da resistência, lideradas pelo Conde de Ormonde, por duas vezes repeliram nossas incursões. Irritado com a demora em conquistar postos avançados no coração do burgo, Olivério Cromwell decidiu comandar pessoalmente um terceiro ataque.

Uma vez reagrupados os pelotões, nossos doze mil soldados avançaram impiedosamente, num atropelamento desenfreado e fanático, urrando evocações a Deus e brandindo espadas, lanças e arcabuzes. Por onde passavam, tudo se arrebentava sob os cascos dos cavalos; os balaços do canhoneio botavam abaixo grupos inteiros de construções, as tochas incendiavam os telhados de palha e as vigas de madeira. Pelas ruas, mães e crianças corriam desesperadas em busca de socorro, terminando por morrer pisoteadas, em abraços cheios de desespero. Os velhos, ainda mais indefesos, conheceram seus assassinos muitas vezes sentados em suas cadeiras ou deitados em suas camas. Os irlandeses em idade de combate faziam-no corajosamente, mas tamanha era nossa vantagem numérica, e a fúria sagrada dos exércitos de Cromwell, que pouco sucesso obtinham os defensores católicos, sucumbindo ora alvejados, ora sangrados na ponta de uma espada, ora apunhalados traiçoeiramente.

Para meus companheiros, a destruição que se havia generalizado pela cidade irlandesa funcionava como uma chama purificadora, trazida pela milícia de Deus a fim de regenerar a terra contaminada, aniquilando pela raiz o mal e refazendo a vida sã através da morte impiedosa de todos os pecadores. Para mim, matar era um prazer; matar em quantidade, prazer ainda maior. O sangue pintava o porvir. Em sua paleta, sangue, choro, gritos emudecidos por sons horripilantes, súplicas ignoradas, rogos desprezados, maldade, violência e desamor! Ao final do massacre, percebi muito próxima a culminância de meu ressentimento contra a humanidade.

Fui atingi-la inteiramente apenas em Wexford, cidade mais ao sul e segundo alvo da campanha irlandesa. Em sua direção rumou nosso Novo Exército, logo após Drogheda. Embora houvéssemos sofrido algumas baixas, continuávamos com imensa vantagem numérica sobre os adversários. A próxima guarnição a ser combatida, liderada pelo

Conde de Clanricard, reunia apenas dois mil homens. E o mesmo cenário se repetiu, com as casas tendo seus telhados incendiados, as mulheres atarantadas pelas ruas e pisoteadas pelos cavalos, a mesma impotência mortal dos soldados católicos em rechaçarem nosso avanço, as mesmas atrocidades que cometíamos ou por fanatismo ou, em meu coração, por crença no desamor entre os homens.

Mas a mim o destino reservou um episódio à parte, exageradamente violento e simbólico, que não apenas saciou definitivamente minha sede sanguinária, mas também recolocou-me, ou melhor, colocou-me, visto que antes eu nunca havia estado, no caminho da virtude, da Fé e da felicidade.

Tudo aconteceu de repente. Em meio ao combate, do alto de meu cavalo e protegido por minha armadura, lá ia eu cravando minha lâmina nas testas impotentes dos católicos, quando avistei uma sombra que se esgueirava por um beco escuro e sinuoso. Movido sei lá por que intuição demoníaca, decidi abandonar o centro da refrega e dedicar-me exclusivamente à caça daquela presa desgarrada.

Segui-a até vê-la esconder-se numa capela pobre e envelhecida, de paróquia humilde, com uma torre descascada pelo tempo e destituída de qualquer pompa exterior. Por ser totalmente desprovida de sinais de grandeza, a construção evocava um despojamento religioso que, para uma alma menos doentia, seria comovente. Naquele espaço de comunicação com Deus, vi abrigar-se o homem a quem eu desejava matar.

Amarrando o cavalo à frente do prédio, cuidadosamente entreabri as portas que davam para a estreita nave. Os bancos eram de madeira tosca, as paredes nuas, sem decoração, o altar simples, exibindo um grande crucifixo mal trabalhado e tendo como únicos adereços umas poucas velas. Estas derretiam santamente, exalando sua fumaça lúgubre e de perfume enjoativo. Não obstante os estouros dos canhões e os gritos de nossas vítimas lá fora, um silêncio amedrontador pairava no ambiente. Na lateral direita do altar, uma escada tosca levava até à torre do sino. Enquanto me esgueirava junto às paredes, percebi aos meus pés um fino rastro de sangue, que entretanto interrompia-se inexplicavelmente. Estava eu imaginando onde poderia esconder-se o homem que procurava, quando um tiro partiu de trás do crucifixo no altar, vindo atingir-me no alto do braço esquerdo e abrindo um rombo em minha cota de malha. O meu sangue brotando com força e escorrendo até o chão, levei curtos momentos para me recuperar do susto, encolhido atrás de uma fileira de bancos, e ouvi o som de passos apressados rumo à escada que levava à torre. Respirando fundo e preparando minha pistola com boa dose de pólvora, saí de minha trincheira improvisada e segui a presa com o ímpeto redobrado.

Ao chegar junto ao crucifixo, deparei-me com a pistola de onde partira a carga de chumbo que agora ardia-me no ombro. A seu lado, vazia, a bolsa de pólvora que alimentara a explosão. Um sorriso cruel acendeu-se em meu rosto, diante da constatação de que meu adversário estava agora desarmado. Subi lentamente os degraus, fazendo barulho com minha armadura, minhas pesadas botas e esporas. O cessar do tiroteio e da gritaria que vinham das ruas ao longe, pois fora dali já se instaurava a força puritana, somado à imobilidade do ar, fazia o ruído de meus passos adquirirem grandes proporções.

Já a poucos degraus da saída para o campanário, parei a espreitar, e avistei o sino de ferro gasto e oxidado. Não percebi qualquer sinal do encurralado naquele esconderijo. Quando meus pés retomaram novamente os movimentos, um vulto negro atravessou-me o caminho e nova explosão ocorreu diante de mim, do centro da qual partiu nova carga de chumbo, que veio perfurar minha couraça e remorder-me na região do abdômen. Trágico engano eu cometera. Meu adversário tinha duas pistolas e, antes de abandonar a primeira delas e a bolsa de pólvora ao pé do crucifixo, preparara um último tiro. Cambaleei para trás, tapando com a mão o esguicho quente que irrompia de minhas vísceras. Quase rolei os degraus. Cerrando os olhos, conclamei minhas reservas mais profundas de energia, que lograram manter-me em equilíbrio. Ao levantar

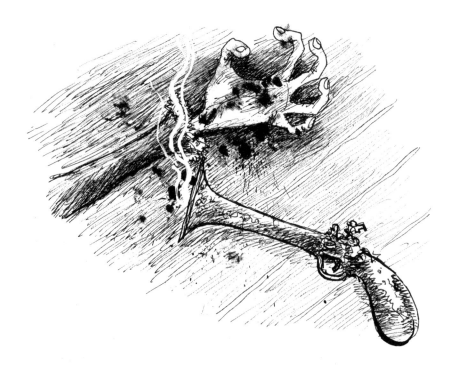

o rosto, vi que meu perigoso adversário aguardava ansiosamente minha queda escada abaixo, torcendo para que não redundasse em fracasso sua última esperança de viver. Mesmo de olhos bem abertos, tudo a meu redor perdera a nitidez. Por alguns instantes, vacilei.

Entretanto, no limiar entre a ação e o desmaio, pude constatar que meu inimigo vestia uma longa batina preta, como a de um padre. Tal revelação, somando-se ao enfraquecimento que os dois tiros me haviam provocado, mas inexplicavelmente ao meu entendimento na época, surtiu efeito inesperado. Um instante de hesitação atrasou meu bote, o qual hoje concluo ter sido o primeiro reflexo da salvação de minha alma, que, diante do ministro da Igreja, conteve minimamente a sede pela qual vivia possuída. Porém, eu ainda não estava pronto para fazer as pazes com o Todo-Poderoso.

Reunindo minhas derradeiras energias, recuperei a consciência. Percebendo-o no brilho de meus olhos, apagou-se em minha presa qualquer esperança de sobreviver. Enquanto eu voltava a caminhar em sua direção, derramando sangue pelo braço e pela barriga, mas com minha pistola engatilhada e apontada para a altura de seu estômago, o padre apanhou o rosário que trazia amarrado à cinta, ergueu as mãos num gesto de reza até os lábios e beijou-as suavemente. Seus olhos alçaram-se aos céus. Com a mais pura devoção, encomendou sua alma a Deus. Trucidei-o cabalmente, primeiro com o tiro, e depois, já com seu corpo no chão, lacerando-o inúmeras vezes com a ponta de minha adaga. Imensa poça vermelha formou-se a nossa volta, o meu sangue e o do clérigo desconhecido se misturando. Então eu desabei, perdendo inteiramente os sentidos. Foi minha primeira comunhão com Deus.

FIM

SOBRE O AUTOR

Quando *O Mistério do Leão Rampante* foi lançado, em 1995, Rodrigo Lacerda tinha 26 anos. O livro ganharia, naquele mesmo ano, o Prêmio Certas Palavras/Caixa Econômica Federal e, no ano seguinte, o Jabuti de Melhor Romance. Seus outros livros são: *A Dinâmica das Larvas* (Nova Fronteira, 1996), *Tripé* (Ateliê Editorial, 1999), *Fábulas para o Ano 2000* (livro infantil em parceria com Gustavo Martins; Ateliê Editorial, 2000) e *Vista do Rio* (Cosac Naify, 2004).

Título	*O Mistério do Leão Rampante e*
	As Confissões de Fabrius Moore
Autor	Rodrigo Lacerda
Ilustrações	Negreiros
Design	Ricardo Assis
Assistentes de Design	Tomás Martins
	Ana Paula Fujita
Revisão de Texto	Geraldo Gerson de Souza
Número de Páginas	160
Formato	18 x 27 cm
Tipologia	Bembo
	Goudy Text Lombardic Capitals
Tiragem	1 000
Impressão e Acabamento	Lis Gráfica